86歳の老いに夢中

楽しさを探り、幸せを求めた日々の記録

棚橋正夫
TANAHASHI MASAO

幻冬舎 MC

86歳の老いに夢中

楽しさを探り、幸せを求めた日々の記録

目次

第二部　趣味で人生を楽しく生きる

はじめに

私は、１９３６年に生まれ、２０２２年7月10日で86歳になった。

５年前、病気で妻を亡くし、１人暮らしを始めた。

幸いなことに、身体はいまのところ異常なく心身共に健康です。

64歳から始めたゴルフもいまだに続けている。また、90 ccのバイクに乗り、毎日の買い物にも行っている。

とても元気で暮らしている。

24歳のとき、同い年の妻豊子（後述）と見合い結婚をし、57年間、苦楽を共にしながら幸せに暮らしてきた。

その豊子が、晩年、思いも寄らない病気（認知症）を患い、併発した誤嚥性肺炎で２０１８年8月18日、82歳で亡くなった。

妻のいない寂しさや空しさを払拭することは、なかなか出来ない。妻の存在の偉大さを身にしみて感じている。

現役時代、妻には随分と苦労をかけただけに、残念で可哀想で心からご苦労さまでしたと言い続けたい。

私の性格は、正義感が強く粘り強い。自分で良しと決めたことは達成するまでめげずに努力するタイプだ。

対人関係も誰とでも気軽に接し、そのお陰で多くの友人・知人に恵まれ、楽しい日々を送っている。

今後、何歳まで生きられるか分からないが歴代の棚橋家の中では、私が一番長生きをしている。

当面、90歳を目標に頑張って生きようと思っている。

86年間も生きていると、過去の生き方、過ごし方を見つめ直して反省することも多い。

「今日も充実した、いい一日だった」と思う日々を続けたいとも思っている。

時折、何故か分からないが、無性に寂しさや空しさが襲ってくることがある。

そんなとき、それをどう乗り越えるか、どうすれば良いかを考えるようにしている。


いつも寝る前に一日を振り返り、「嬉しかったこと?」「楽しかったこと?」「頑張ったこと?」「人に喜んで貰ったこと?」等を自分に問いかけ、それをノートや手帳に記録する習慣もつけている。

時折、気分が沈んだときには、それらを読み返し、自らを励まし前向きになるよう心がけている。

「人は、何のために生まれてきたのか」と問われたら、「幸せになるために生まれてきた」と答える。

幸せになるために、いま何を成すべきかを考える自分でありたいとも思う。

これまで一生懸命生きてきた自分の人生を振り返れば、色々とエピソードがあることに気付いた。

それらをまとめて整理し、順を追って書き続けたくなり、それを本にすることにした。

私と同じように、1人暮らしをされている方々も多いかと思います。

お読みいただき、参考になったりお役に立つことがあれば、この上もない幸せです。

私のつらい生い立ち

物心ついたとき、京都に住んでいた。

祖父母、母、叔母2人、妹と私の7人で暮らしていた。

母と叔母2人の収入で棚橋家は支えられていた。


小さい頃から「何で僕には、お父さんがいないんだろう」といつも疑問に思っていた。

祖父は若い頃、眼（緑内障だと思う）を患い両眼がかろうじて見える程度で、祖父の面倒を祖母が献身的にみていた。夫婦の仲の良さを感じた。

母は美貌の持ち主で、京都歌舞練場のダンスホールの師範をしていた。

叔母2人は市内の会社の事務員をして働いていた。

そんな環境の中で私は育った。

中学生になった夏休みのある日。

祖父が「正夫。家系のことでお前に伝えておきたいことがある。おじいさんと話をしよう」と言い2階の座敷で2人きりで話をした。

棚橋家の先祖の話から始まり、「棚橋家は、作州津山藩の武家の出で、立派な家柄であり武家の血筋だ。また、お前の父親は、お前が3歳の頃、急病で亡くなった」と聞かされた。

驚きも何も起こらず、ただ「そうだったのか」と思っただけだった。

中学2年生のときだった。とても悲しい出来事が起こった。

母が、両親と話をしていた。学校から帰宅したばかりの私も同席させられた。

妹はまだ7歳で、何も分からない。

母が、「信頼出来る好きな男の人が出来たので、その人と結婚したい」と切り出した。

祖父が「これまで、その人を家族に紹介もしてないし、ここに連れて来てもいない、いきなり好きな人が出来たから結婚を認めてくれと一方的に言うのは、道理が通らん。順序が違うやないか。一度、本人をここに連れて来なさい。それからの話や」と強く母に言い放った。


「結婚するのは、私や。私が信じて選んだ人を疑うの？」と、母は反論した。

「子供達は、どうするつもりや」

「2人とも一緒に連れて帰ります」

「正夫。今聞いた通りや。お母さんは、お前達を新しいお父さんのもとに連れて帰ると言っている。どう思う」と祖父に問われた。

「僕、行くのいやや。おじいちゃんとおばあちゃんの家にいたい。行きたくない」

ときっぱり言い切った。

「正夫。そうか。お母さんについてこないの。だったら勝手にしなさい。もういいわ。私が、この家から出て行きます」

母は、祖父母の反対を押し切って、子供を預ける形で再婚のために１人で家を出て行った。

私は、直ぐに母を追いかけた。

道路の角を曲がりかけていた母に追いつき、着物の袖を両手で掴んだ。

「お母さん。行かないで。行かんといて」と泣きながら必死にすがって懇願した。

しかし、母は無言で私を振り払い、振り向きもせずに去って行った。

地面に倒れ込んで泣いていた私は、母の後ろ姿をじっと見つめながら、

「お母さん。何で？　どうして！」を繰り返しながら、地面にこぶしを何度も何度も叩きつけていた。

祖母が後を追って来てくれていた。

「正夫。大丈夫か。お母さんは出て行ったけど、近い内にきっと帰ってくると思うよ。取りあえずおばあちゃんと一緒に家に帰ろ」と優しく、抱き起こしてくれた。

汚れていた学生服の埃を払ってくれた。

私は泣きながら、祖母と一緒に家に戻った。暫く2階の勉強部屋で1人で泣き続けていた。

私にとっては、一生忘れられない強烈な出来事だった。


それ以来、母は音信不通となり、仕送りもなかった。母への憎しみはつのるばかりだった。

「僕には、もうお母さんなんかいないんだ」と強く自分に言い聞かせるようになっていった。


これからは、おじいさん、おばあさんとずっと一緒に暮らして生きていこう。そして、おじいさん、おばあさんを両親だと思って、最後まで面倒をみてあげようと強く誓った。

その後、私と妹は祖父母と叔母達によって育てられた。

母からの収入がなくなり、家計は一段と苦しくなった。欲しい物はなかなか買って貰えなかった。

それから、１年が経過した。

経済的に厳しくなった。私は、昼の高校には行かせて貰えなかった。

でも祖父は、高校だけは出ておきなさいと強調し、昼働いて、夜、学校に行く定時制高校を受験するよう勧めた。

中学を卒業したら家のために働こうと思っていただけに、私は、とても嬉しかった。涙が出た。

手に技術をつけられる学校を探しなさいと言われ、京都にひとつしかない工業高等学校定時制電気科を目指すことにした。

必死になって勉強した。その甲斐あって受験し合格することが出来た。

働き先は、中学校の担任の先生が、夜間高校に通わせてくれる理解ある会社を探してくれた。

それは、京都市中京区にある酒醤油の卸問屋、前田豊三郎商店だった。

面接試験を受けて、そこに就職することが出来た。


そして、昼働いて夜通学する4年間が始まった。

その会社に9時~16時まで勤務し、夜間高校へ行かせて貰った。

従業員の人柄も良くアットホームな会社で、私は幹部の方々や従業員からも可愛がられ、仕事も親切に教えて貰った。


入社当初は、得意先を覚えるため受付業務を担当させられた。

商売の会社なのでソロバンが出来ないと仕事にならなかった。

私は、ソロバンが出来なかったので、毎日曜日、小中学生と一緒にソロバン塾に通った。

ある程度ソロバンが出来るようになった頃、受付業務から経理部に異動することになった。

毎日の仕事と通学は、正直、とてもきつくてつらかった。心身共に疲労して何度か学校を辞めようと思った時期もあった。そんなとき祖父から強く励まされた。

歯を食いしばって頑張って4年間の通勤通学をこなし、無事卒業することが出来た。

卒業証書を家族に見せたとき、

「正夫。よう頑張った。卒業おめでとう」と家族全員から満面の笑顔で祝福され、労をねぎらって貰った。

「ありがとう」と心からお礼を述べた。

そして、

「おばあちゃん。美味しいわ」と祖母が作ってくれたお祝いの「赤飯」を涙を流しながら戴いた。

20歳になった。

私は知らなかったが、尊敬している祖父が若い頃にラジオ店を経営していた。

その祖父から
「正夫。仕事以外に趣味を持っておきなさい」とアドバイスされた。

そして、電気に興味を持っていた私にラジオの組み立て技術を教えてくれた。

「お前にラジオの作り方を教えてあげる」と祖父から言われた。

「えっ。おじいちゃん。ラジオが作れるの？　凄い」とびっくりして聞いた。

昔のラジオ（並4ラジオ）についての知識やその組み立て方について祖父は詳しく知っていた。

「おじいちゃんは、凄い人だ」とさらに尊敬した。


祖父が書いた手書きの配線図と部品明細を見せられた。初めて見るだけに、とても興味を持った。

その部品明細表を持って、京都寺町街のラジオパーツ店に部品を買いに行った。アルミの筐体、コイル、バリコン、ボリューム、電源スイッチ、抵抗、コンデンサー、アンテナ端子等と半田ゴテと半田を購入した。

「おじいちゃん。部品買って来たよ」

「そうか。ご苦労さん。では、早速組み立てを始めようか。部品明細表を読み上げるから、購入部品が全部揃っているか確認しよう」と

部品名をひとつずつ読み上げて全数チェックされた。ＯＫだった。

どんな仕事をする場合でも、必ず事前にチェックすることが大切だと教えられた。

そして、祖父から配線図の見方、部品の名称とその働き、組み立て順序等、学校の先生のように丁寧に教えてくれた。

それ以来、ラジオの組み立て作業に夢中になった。

組み立ててから完成するまで延べ1ヶ月くらいかかった。

苦労して組み立て完成させて電源スイッチを入れた瞬間、スピーカーから音が鳴ったときの喜びと感動は、終生忘れることが出来ない。

それ以来、祖父のお陰でラジオの組み立て技術に凄く興味を持った。

当時は幸いなことに、日本全国各地にラジオの民間放送局が続々と開局していった。

それを昔の並4ラジオで聞くと、感度が悪くて混信がひどく実用には至らなかった。

民間放送局時代になると、新しいラジオ技術（5球スーパーラジオ）が必要となった。

私は専門書を買い、夢中になってその組み立て技術を勉強して独学でマスターしていった。

幸いなことに、働いていた前田豊三郎商店の沢山の人達から、ラジオを組み立てて欲しいと注文を貰った。

市販で買うと高い（1万円から1万5千円くらいした）ので、自作で組み立てると3分の1の値段で作れた。

そのお陰でラジオの知識と組み立て技術にかなりの自信をつけた。

このことが、私の人生を大きく変えていってくれた。

21歳のとき、松下電器（現パナソニック株式会社）に勤務する叔母の知り合いから、

「ラジオ修理技術者の応募があるから正夫君、一度受験してみたらどうか」と紹介された。

心から喜んで、お願いし、大阪府門真市のラジオ事業部を受験した。

受験者は50人いて採用は5人という厳しい状況だったが、何とか合格することが出来た。

それをきっかけに、松下電器のラジオ修理技術者として入社した。

合格通知が届いたとき、飛び上がらんばかりに感激した。家族も心から喜んでくれた。


とても言いにくかったが、5年間、社会人として育ててくれた前田豊三郎商店の社長に退職を伝えお願いした。

「せっかく仕事に慣れてくれていたのに、君の退職は極めて残念だが、君の人生だ。ここで働くより大きな会社で頑張って下さい」と励まされ、円満に退職を受理して貰った。

そのとき、社長の人間の大きさを感じた。

お世話になったお礼を心から伝え、感謝の気持ちを述べた。

そして円満に前田豊三郎商店を退社し松下電器に入社した。

入社当初はラジオの修理技術者として勤務し、その後はサービス企画、ステレオ技術営業、ステレオの講師、名古屋の音響ショールーム責任者、そして大阪に戻り、イベントを介してパナソニックブランドを浸透させる宣伝活動業務を担当して、定年まで勤めあげた。パナソニックでの仕事は、どちらかと言えば、技術営業的な仕事を主に担当してきた。

長い間、松下電器の諸先輩の皆さまの多大なるご指導とご協力・ご支援のお陰で、つつがなく仕事をこなし定年退職することが出来た。

現在の自分があるのは、ひとえに前田豊三郎商店とパナソニックの皆さまのお陰だと心より感謝している。

ありがとうございました。

定年後は、趣味を活かして楽しく生きたい気持ちから、アマチュア無線（コールサインＪＡ３ＭＴＡ）、パソコン、ゴルフ（練習とラウンド）、本の執筆等々で、毎日を有意義に楽しく過ごし、充実した日々を送っている。

第一部　妻の回想と私への協力者に感謝

1

妻を亡くし
1人暮らしの寂しさから脱皮する

24歳の頃、京都に住んでいた。
妻の叔母の紹介で見合い結婚した。そして1年後に娘が誕生した。
妻の性格は、正義感が強く曲がったことが嫌いだった。
いつも明るく笑顔で接し、誰からも好かれるしっかり者であった。

結婚後、妻は明治生まれで厳格な祖父母と同居した。子育てしながら親戚や知人とも良好な人間関係を保ち見事に暮らしを切り盛りしてくれていた。

妻の功績はとても大きく棚橋家を立派に支えてくれた良き妻だった。

祖母とのエピソードを紹介すると
娘が、よちよち歩きの2歳くらいの頃、外で遊んでいてつまずいてうつ伏せに倒れて泣いた。

祖母が直ぐに駆け寄って泣いている娘を起こそうとした。

妻が「おばあさん。起こさないで下さい」

祖母が「何で、可哀想やないの」

「いいえ。自分で起きるまで、ほっといて下さい」

娘に向かって「泣いてないで自分で起きなさい」と厳しく言った。娘が、泣きながら起き上がると
「よく起きたね。頑張ったね」笑顔で頭を撫でて抱きしめていた。いい母親だと

思った。

長年苦楽を共にしてきたその妻が、結婚51年目（76歳）のとき思ってもみなかった病に罹った。

２０１２年、「認知症」と医師から診断された。（詳しくは後述）

現代の医学では、認知症を抑えることは出来ても完治させる薬はまだないと言われた。

罹れば治らない大変な病気だと知ったときはショックを受けた。

これまでの妻の苦労と、その功績に対する恩返しをしてあげようと、私は、認知症と闘う決意をした。

５年間、医師の指示と投薬に助けられながら、私なりに一生懸命に看病して自宅介護に徹した。

しかし、妻の病状は月日を追う毎に進行し、妄想や幻覚の症状が毎日のように起こりその対応に困惑した。一番大変だったのは、排せつ処理だった。

でも懸命に看病に励んだ。

紙パンツを使用していたが、排せつしたことすら分からなくなっていった。

便を漏らしたり押入れをトイレと間違えたりして、その都度、浴室に連れて行っては身体を洗い清潔にして着替えをさせていた。そして、台所で好きなTVを観せていた。

その間に、汚物処理をすることが毎日続いた。

私の体力と精神力は限界に達していた。そのとき初めて素人介護の限界を知った。

そのことを、ケアマネジャー（介護支援専門員）に伝えて相談した。

その結果、私が倒れたらどうしようもないので、2017年3月、つらかったが断腸の思いで認知症施設（グループホーム　後述）へ入所させることを決断した。

妻は肺機能も弱く、施設に入所していても度々肺炎を患い、病院への入退院を繰り返した。

施設で1年6ヶ月お世話になったが、急性の誤嚥性肺炎を患い救急車で病院に搬送され82才で帰らぬ人となった。


1人暮らしになった私は、これまで妻が日常茶飯事にしてくれていた掃除、洗濯、買い物、食事等を自分でするようになって、その大変さを初めて知った。


私には、60歳になる一人娘（既婚）がいる。

生き方や考え方の相違から意見も合わず疎遠状態が続いていたので、これではいけないと思い、よりを戻す話し合いも求めたが折り合いがつかず、残念ながらいまだに解消することが出来ていない。

とても悲しくてつらいことだが、それ以来「私には娘はいない」と自分に言い聞かせている。

いつの日か、きっと分かってくれる日が訪れることがあると思い、胸襟を開いて待ち続けている。

ここで、妻が認知症に罹患した経緯を振り返ってみたい。

妻の物忘れは2012年（76歳）頃から起こりはじめ、次第にひどくなっていった。心療内科の医師による診断の結果、アルツハイマー型認知症とレビー小体型認知症を併発していると診断された。

そして、現代医学では認知症を抑えることは出来ても治すことは出来ないことも改めて知った。とてもショックだった。

私は、妻のこれまでの功績に対し恩返しをしようと、自宅介護をする決意をした日でもあった。

その介護は、どうすれば良いのか全く分からなかった。本を読んだり人から聞いたり孤軍奮闘しながらも1人で素人介護を続けていた。

これからが、心配になっていた。

医師から地域総括センターに相談に行くようにとアドバイスを受け、早速、足を運んだ。

そこで、自宅介護を続けるに当たり、私を支援・協力してくれる専門のケアマネジャー（介護支援専門員）を決めて貰った。

ケアマネジャー（以下ケアマネ）は、女性のKさんに決まった。

妻の介護認定は、当初は要支援2だった。まだそれほど進行していなかったので、デイサービス（後述）でお世話になっていた。

しかし、症状は短期間で進行し直ぐに要介護3となり、間もなく要介護4となってしまった。

その頃に、ひどい妄想や幻覚が昼夜を問わず妻を襲いだした。

真夜中に「そこに大きな犬がいる。恐い」とか「そこで男の人が私を睨んでいる」とか「奥の部屋に誰かがいてる」とか妄想に苦しめられていた。

その都度、2階から階下の台所に連れて行き、温かいお茶を飲ませて気持ちを落ち着かせていた。

その後、毎日のように同じ症状が起こるようになり、私は心身共に疲労がたまって倒れそうになっていた。

そのとき、初めて認知症の素人介護の限界を感じた。

穏やかで明るかった妻の表情が次第に暗くなって、元気もなくなり、めったに昼間は寝なかったのに寝てばかりいる状態が続いた。

ある日の夜、妻が突然、布団の上に正座した。

「お父さん。ごめんなさい。私は、もうお父さんに何にもしてあげられないし、何にもすることが出来ません。もう私、死にたいです」と目にいっぱい涙をためて言った。こんな弱気な妻を見たのは初めてだった。

「豊子。何言うてんの。そんなに弱気になったらあかん。病気はきっと治るから心配しないで。お父さんが、ついてるやん。豊子。このお薬を飲もか。これ飲んだらすぐに楽になるから飲んでみて」と優しく寄り添い、側に置いていたアリセプト（認知症進行抑制薬）を飲ませた。


無言で素直にうなずき涙を流しながら飲んでくれた。妻が私を信じてくれていることが嬉しかった。

「お父さん。ありがとう。このお薬で私の病気、本当に治るの？」

「うん。よく効くお薬だから飲み続けたら治るから。安心して！」と聞かれるたびに治らないのに妻に嘘をついていた。

同じことを言うたび、内心「豊子、ごめんな」と謝りながら飲ませていた。

とてもつらかった。可哀想だった。薬を飲むと直ぐに落ち着き横になって静かに眠ってくれた。

毎日、同じことの繰り返しだった。

私も不安になり、どうすれば良いのかもう分からなくなっていた。

私も疲労がたまり、心身共に疲れ切っていた。


そのことを、ケアマネに素直に伝えた。

「このままでは、ご主人も奥さんも両方とも共倒れになる可能性があります」とケアマネが指摘した。

自分でも、本当に共倒れになると思った。


相談の結果、認知症施設グループホームへの入所を勧められた。

長年一緒に暮らしてきた妻を入所させることは、とても可哀想でどうしようかとかなり悩んだ。

しかし、お互いのこれからのことを考えると、専門の介護士のいるグループホームへ入所させることが安全で適切だと考えた。

とてもつらかったが、断腸の思いで認知症専門の施設へ入所させることを決断した。


２０１７年の3月18日。施設への入所が決まった。

当日、自宅で最後の朝食をとった。妻は何も知らない。

前日の晩に、妻の大好きな「しゃけ」と「たまご焼き」と「豆腐入りの味噌汁」で朝食を用意しておいた。

「お父さん。今日の朝ごはん。とっても美味しかったわ。ご馳走さま」と機嫌良く素敵な笑顔で礼を言ってくれた。

この日が自宅最後の日だと思うと、涙が止めどなく流れ、たまらなかった。

妻に分からないようにハンカチで涙を拭いていた。

9時30分。施設長が車で迎えに来てくれた。

「豊子さん。おはようございます」

「おはようございます。今日もよろしくお願いします」と本人は笑顔で応え、デイサービスに行くだけだと思っている。

車が動き出した。

「豊子。元気で施設で暮らしてな」と涙をためて車が角を曲がるまで見送った。

妻のいない台所で涙を流して呆然と座っていた。

施設は、事前に見学をしていた。とても、いい施設だった。

専門の先生と優しい介護士の方々のもとで、妻が持ち前の明るさと元気さを取り戻してくれることを願った。

入所後、私は妻の好きな飲食物を持って、毎日曜日、元気づけと励ましのために面会に訪れた。

妻は、とても喜んで

「お父さん来てくれたん。ありがとう」といつもの素敵な笑顔で接してくれた。

短期間で施設にも皆さんにもすっかり馴染んでくれていて、私もホッとした。

ここに入所させて良かったと思った。

その喜んでくれる笑顔見たさに見舞いに行くのが、とても楽しみになっていた。

その後は、安定した日々を送ってくれていた。

ところが、1年くらい、経過した頃だった。妻が肺炎を度々患い、何度か施設の指定病院へ入退院を繰り返すようになった。

2018年8月18日の午後、施設で高熱が出て、救急車で指定病院に緊急搬送された。

連絡を受けて急いでバイクで駆けつけた。

病室に入ると、主治医の先生と看護師に付き添われ、妻は物々しく酸素マスクを装着されていた。

呼吸困難により息も絶え絶えで朦朧としていた。


これまでに見たこともない苦しげな表情だった。いやな予感がした。

「豊子。お父さんだよ。しっかりして。分かるか？　病気に負けたら、あかんよ！」と大きな声で、妻の両手をしっかり握り締めて叫んだ。

苦悶の表情だったが、私を認識してくれたようで、か細い声で「はい」と苦しげに応えたのが最後の言葉だった。

私を待っていたかのような様子だった。

そして静かに目を閉じた。

「豊子！　豊子！」と大きな声で呼び続けたが、もう、返事はなかった。

主治医から「ご臨終です」と宣告された。私はベットの側で「何で！　豊子！　豊子！」と泣き伏していた。

２０１８年8月18日、15時13分。「誤嚥性急性肺炎」により、懸命の治療の甲斐もなく帰らぬ人となった。

ベットの側で涙を流し続けていた。私の精神状態は不安定で、呆然と佇んでいた。側にいた看護師から
「お父さん。つらいでしょうが、しっかりして下さい」とポンと背中を叩かれた。

その一言でハッと我に返った。

「そうだ。しっかりしなくちゃ」と気力で自分を奮い立たせた。

「挫けてなるものか。負けてたまるか」と気を取り戻した。

「奥様のご用意をさせて戴きますので、ご主人は、外でお待ち下さい。葬儀社への連絡をお願いします」

と係りの看護師から言われた。廊下で少し落ち着きを取り戻してから、生前に2人で契約していた葬儀場へ電話を入れた。

そして、その日の夕刻、棺に入れられた妻を葬儀場へと移動させた。

それから、無我夢中で葬儀の準備に奔走し、身内、親戚一同にも電話で知らせた。

通夜には娘夫婦と孫達も駆けつけてくれた。

「ごめんなさい。ごめんなさい」と娘は詫びていた。

「それよりも、お母さんに会って、お参りをしてきなさい」と棺に行くよう促した。

その夜は、私1人で葬儀場の広い会場に置かれた棺の側でお別れの一夜を明かした。

そしてその翌日、家族葬に参列した皆さんに見送られながら葬儀を無事に終えることが出来た。

その後、娘の態度が変わるかな思っていたが以前と何ら変わりはなかった。母親とお別れをしてくれたので、それでいいやと思った。

葬儀も終わり、自宅で暫くの間は骨壺を置いて、何もする気になれず食欲もなく毎日沈んでばかりいた。

そんな私を一番心配して励ましてくれたのが、ゴルフの友達・廣田強さんだった。沈んでいた私を懸命に励まして協力してくれた。嬉しかった。元気づけてくれた。「棚橋さん。元気出して下さい。奥さんの分まで長生きして下さい。それが奥さんへの一番の供養ですよ」と言ってくれた。

その一言でハッと気付かされた。有り難かった。涙を流して感謝した。持つべきものは、良き友達だと実感した。

「そうだ。これではいけない。沈んでいても何の解決にもならない。豊子も望んでないし喜んでもくれない」と思った。

「お前は、何してるんや。しっかりせんか！」と自分で自分を叱りつけた。

そして気持ちを切り替えた。

「これから、１人暮らしを楽しんで生きていこう」と強く思った。

「そうだ。持ち前の熱意と努力を忘れていた。これまでやりたかったこと、やれなかったこと、やってなかったことを、これからやっていこう」と前向きな考えになっていった。

これまでやりたかったこと、出来なかったこと、好きなことをやり始めようと思った。

「ようし！　これからも頑張るぞ！」と自らの楽しみを求め、好きなことをやろうと気持ちを切り替えた。

そして、色々なことを手がけていった。やってみると、どれも楽しくて、面白くて、続けられることが出来た。

「自分が変われば周りも変わる」ということにも気付いた。

その勢いに乗って、1人暮らしの寂しさを乗り越えられるように自分を仕向けていった。

今では、1人暮らしの寂しさも忘れ、一日がアッという間に過ぎ去っていくようになっている。

そのことを順に書き綴り、これから紹介したいと思います。

デイサービス

介護保険サービス「通所介護」の通称。利用者は自宅で生活しながら日帰りで施設に通い、入浴、排せつ、食事の介助、機能訓練が行われる施設。

自宅から施設までの送迎があり、利用者が楽しく通えるように、書道、歌、塗り絵、リズム体操など様々なプログラムが用意されている。

さらに、外出したり、人と触れ合ったりすることで、閉じこもりや孤立を防ぐことが出来る。

グループホーム

介護を必要とする高齢者が専門スタッフの支援を受けながら、共同生活を送る施設。

2

「遅くなって、ごめん」妻が知りたがっていた散歩道の野草を調べる

２０１０年。私と妻は74歳だった。

当時の妻は、足腰がとても丈夫で元気だった。

朝食を済ませて後片付けが終わると、

「お父さん。散歩にいこか」と自ら誘ってきた。

四季を問わず穏やかな暖かい日には、北部を流れる舟橋川沿いを約1時間ばかり、2人でのんびりと散策をしていた。

春の川沿いには、知らない花があちこちに咲いていていて、いつも花いっぱいの小道だった。

春まだ浅い頃、2人で散歩に出かけた。

豊子は、花が大好きだった。

花を見つけては
「お父さん。見て見て。可愛いお花がいっぱい咲いてる」とか、

「うわぁ。綺麗なお花やなぁ」と指さして喜んでいた。

私が、その花を千切ろうとすると
「お父さん。千切ったらあかん。可哀想や。眺めるだけにしとこ」と言って、両手で花びらを優しく撫ぜていた。

「このお花、何と言うお花かしら？」とよく問いかけてきた。

花に疎い私には分からなかった。

「何というお花やろなぁ。可愛くて綺麗やな」と言いながら、余り関心を示さず調べもしなかった。

川面には、鴨が列をなして泳いでいたり、白鷺が舞い降りてきたりしていた。

それを見ては

「お父さん。あそこに可愛い小鳥が泳いでる。こっちにくるよ。何か食べているみたい」と子供みたいにはしゃいで、指をさしていた。

そんな豊子の無邪気さや優しさ、可愛いところが大好きだった。

もう5年にもなるのに、2018年8月に亡くなって以降、これまで妻の夢を見たことがなかった。

それが、つい最近、妻の夢を見た。

その夢の中で、川岸に一面に咲いている紫色や黄色い花をさして

「お父さん。これ何の花?」と私に問いかけてきた。答えらないでいると

「お父さん。知らないの? 何で知らないの?」と残念そうな顔で川岸を走り去って消えていく夢だった。

過去、彼女が私に何度も聞いてきたのに、調べもせずにうやむやにしてきたからだと思った。

これではいけないと初めて気付き豊子に申し訳ないと思った。

２０２２年３月。遅まきながら、その川岸の現場に出向いて咲いている花々を撮影してきた。

帰宅して

「豊子、ごめんな。遅くなって。調べて報告するよ」と仏壇の前でプリントした花の写真を見せた。

そして調べて翌日報告した。

それらの花は、梅の花、かがみ草、オオイヌノフグリだった。（後述）

１人になってからは、余り散歩はしなくなったが、時折、同じところを散歩に出かけることがある。

「今日は、どんな花が咲いているのだろう」と思うと、花に出会うのが楽しみになっていった。

散歩するときは、いつも豊子の写真を胸ポケットに入れて、一緒に川沿いを歩くようにしている。

おそらく天国で「お父さん。ありがとう」と笑顔で喜んでくれていると思う。

その時間のときは何故か清々しい気持ちにさせられて気分も爽快になり、足取りも軽くなっていた。

とても不思議に思っている。

春に咲いていた花

・梅の花　中国原産の落葉高木で、早春に咲くバラ科サクラ属の庭木。

寒い時期に梅の花が咲いて香りが漂うと春が近いことを知った。

・かがみ草　川岸のあちこちに咲いている。「カタバミ（片喰）」とも言われている。別名「カガミグサ（鏡草）」とも呼ばれ、葉や茎にシュウ酸が含まれていて、昔から真鍮の鏡や仏具を磨くときに使われていたそうだ。

・オオイヌノフグリ　ヨーロッパ原産の植物で、路傍や畑の畦道によく咲いている。早春からコバルト色の花が咲き、花弁は4枚、雄しべは2本。

3

2人の女性と家のお掃除・作業後の懇談を楽しむ

1人暮らしをして一番大変なのが家の中の清掃だ。

月に1回から2回、家中の掃除をしてきた。

お風呂、洗面所、トイレ、台所の水回り、1階2階の各部屋と階段、玄関先のフローリングだ。

最近では、加齢のせいか、掃除するのがとても億劫に感じるようになってきた。

でも、綺麗に清潔に暮らしたい気持ちが強いので、やむを得ずやることにしている。

やり出したら最後までやってしまうので、大体2時間くらいかかっている。

終わるとホッとして、しんどくて疲れてしまい台所でぼんやりと暫く休んでいる場合が多い。

体力的に限界を感じるようになり、その大変さを痛感していた。

高齢には重労働だと感じるようになっていた。


こんな大変な作業を、いつも妻にさせていたのかと思うと、これまで手伝わなかったことに対して済まなかったと心からお詫びしたい。


あるとき、生命保険の更新の件で長年お世話になっている、保険会社のコーディネーターHさんが来宅した。Hさんは人脈が広く心から信頼出来る方なので、思い切って相談してみた。

「Hさん。お願いがあります。実は、この家のお掃除が、私には大変重荷になってきています。Hさんのお知り合いの方で、お掃除を代行して下さる方が、もしおら

れたら、有料で、どなたかをご紹介して戴けませんか」と切り出すと、

「そうなんですね。お掃除は大変ですよね。それだったら、私がやりましょうか。職場のお友達も誘って2人でやりますよ」とHさんは、即座に応えてくれた。

私は、びっくりした。

「Hさんにお掃除なんかさせたら、いけません。別の方にお願いしてみて下さい」と言うと、

「遠慮しないで下さい。いつも自宅でやっていることですから。お友達にも話して協力してやりますよ」と言って貰えた。

「そうですか。とても有り難くて助かります。お言葉に甘えて、よろしくお願いします」と依頼することにした。

後日、Hさんから「私と同じ会社のIさんと一緒に、お掃除をさせて貰います」と返事があった。

とても嬉しかった。有り難かった。感謝でした。

毎月1回、第3土曜日の11時から13時までお願いすることにした。

初めてのお掃除当日、HさんとIさんが来られた。

Hさんには水回りを、Iさんには全部屋を、担当して貰うことになった。

お2人とも手際が良くとても丁寧に隅々まで、行き届いた清掃をして貰った。

仕上がりがとても綺麗で、清潔感を感じた。

女性の方の掃除の仕方はこんなにも違うんだと、つくづく思った。

作業終了後は3人でお茶を飲みながら、世間話や最近の出来事を楽しく語り合って過ごしている。

ベテランの主婦の方々なので、暮らしや食事に関する話題や情報がとても豊富で毎回勉強になっている。

この作業後のくつろぎ時間が、いつも楽しみの時間になっている。また、暮らしに便利なグッズも紹介して貰ったり、買ってきて貰ったりもしている。

これまでにHさんから足ツボマットや小型ランタン、小型空気清浄器、シルクのストールや季節の上着（これらはお2人から）をプレゼントして貰い、とても嬉しくて、いつも重宝している。

私にとって、毎月の第3土曜日が楽しみの日となり早くその日が、こないかなといつも待ち望んでいる。

そして、いつも大変ご苦労をかけていますので、時折、お昼を外食にお誘いし、そこでも有意義な楽しいひとときを過ごしている。

早いもので、２０２０年12月26日にHさんとIさんに来て貰い始めてから、もう2年以上になります。

引き続き、今後もずっと家事支援に来て戴けることを願ってやみません。

4 その女性から折り鶴の折り方を教えて貰う

Hさんと I さんにお世話になり始めてから、毎年私の7月の誕生日には、お2人からプレゼントを貰っている。

とても嬉しくて、心から感謝しています。

一番最初に戴いたのは、ゴルフに使って下さいと素敵な夏のポロシャツとスポーツタオルだった。

それに I さんが折られた「折り鶴」が添えられていた。

昔から、「折り鶴」には、「長寿祈願」「幸福祈願」「病気快癒」の意味が込められているそうだ。

おそらく私を思い「長寿祈願」を込めて「健康でいつまでも元気で長生きして下さい」との思いで折って下さったのではないかと思いました。

その「折り鶴」を見ると、実に綺麗にきちっと折られていた。

Ｉさんの性格が、その折り鶴に現れていた。

優しさと温かさと親近感を感じた。

私は「折り鶴」の折り方を知らなかった。

「折り鶴」を見ていると、一度自分でも折ってみたくなった。

Ｉさんに、鶴の折り方を教えて欲しいとＬＩＮＥでお願いをした。

直ぐに返信をくれて、折り方の手順が写真で送られてきた。

早速、色紙を購入し、手順通りに折ってみた。

折り始めてから完成まで12通りの手順があった。楽しみながら折ってみた。

取りあえず折れたが、Ｉさんの様に綺麗な仕上がりではなかった。

何とか鶴の形になっていたので良しとした。

手先を使って楽しみながら折っていくので、完成したときの喜びは大きかった。

「やったぁ。折れた。折れた！」と思わず呟いていた。

何度か折ってみると、手順を見なくても自然に折れるようになっていった。

「折り鶴」を折るのは、認知機能の訓練にもなると聞いたことがある。

自分の認知機能が正常であるかどうかをチェックするのにも、とても良い方法ではないかと思った。

5

祖父から教えられた人生訓

86年間を振り返れば学童期、青少年期は、戦中、戦後の波瀾万丈の人生だった。
壮年期から落ち着いた日々が送れるようになったと思う。

これまでに、家族や知人・友人、職場で色々な人達に出会い、それらの人達から多くのことを学んだり教えられたりしてきた。

その中でも、一番厳しかったのが祖父の棚橋信義だった。
明治生まれで気骨で一徹で教養もあり、それでいて人を大切にする思いやりと優しさを持った人だった。

私は小さい頃から恐かったが、心から信頼し尊敬もしていた。

祖父は、話し上手で物知りでいつも経験を通して知っていることを色々と教えてくれた。


松下電器（現パナソニック株式会社）に入社が決まり前田豊三郎商店を退社する前日の夜、祖父が話をしてくれた。


「正夫。未熟だったお前を社会人として育ててくれた前田さんには恩がある。心からありがとうと感謝しなければならない。明日は、社長さんはじめ社員の皆さんに、丁寧にきちんとお世話になったお礼を述べるんだよ」

「おじいちゃん。分かった。ちゃんとお礼を言います」

「今度、入社が決まった松下は、大きな会社だけに個人の力だけでなく組織として仕事をし組織として成果を問われることになると思う。これまで以上に努力と勉強をすることになると思うよ」

「うん。おじいちゃん。先日の入社試験日に感じたことがあるよ。まず、門真市の松下の建物を見てその規模の大きさにびっくりしたし、入門の際、そのまま、入ろうとしたら、保安の人に呼び止められ受験票を見せて許可を得てから入らせて貰った。また、試験会場では、指定座席がどこか分からなかって迷っていたら、係の人が笑顔で、とても親切に、あなたの席はこちらですと椅子を引いてくれて座らせてくれたよ。とても感じ良かった」

「そうだったんだね」

「わざわざ受験に来てくれて、ご苦労様という、何か温かい思いやりを感じたよ」

「そうだったんやな。受験する人の立場に立って応待してくれんたんや」

「僕。この会社に絶対に入りたいと思ったよ。合格できて良かった」

「お前も松下に入社が決まりひとまず安心できた。今日はな、おじいさんが、これまで信条としてきた言葉の数々を、お前に贈ろうと思っている。メモしておきなさい。これからの松下での仕事に役立てば、わしは嬉しい」

そう言われ、ノートにメモすることにした。

そして、祖父が話してくれた言葉のポイントを書き綴ると

一　完全な人間なんていない。成功したり失敗するのは当たり前。70点以上の人間で十分だ

二　人はみんな先生だ。どんな人にも長所を持っている。先輩の厳しい叱責も後輩の純粋なアドバイスも、謙虚に素直になって学びなさい学ぶ心が旺盛なほど独創性が発揮出来る。学ぶ心が必要

三　運や他人に甘えてばかりの人は、誰からも助けて貰えない。自分の能力も衰えてしまう。努力を忘れてはいけない人間は1人では生きていけない。自分が苦しいときは素直に人に助けを求

めなさい。頼りすぎはいけないが誰かの力を借りてでもいい結果は出せる

四　大事な局面で集中し情熱をかけると難しいことも乗り越えられる。それで得られた達成感や幸福感はもの凄く大きい
勉強は内容とか中身のみが重要ではない。勉強するという行為そのものに意義がある

五　自分が一生懸命率先してやれば周囲の人もついてきてくれる。頑張る気持ちは、その人の姿を通して周りの人に広がるのだ
「やってみせて　云って聞かせて　させてみて　ほめてやれば人は動く」って昔の人は言った

六　経験や実力を重ねて慣れてくると新鮮な感動を失ってしまう。仕事、勉強、家事、趣味の世界でも面倒と感じてはいけない

常に新しい体験を積み重ねて成長していく。いくつになっても冒険心を持って新鮮な感動を求め続けること

七　苦しいときは成長している証。逃げてはいけない。夢中になれるものはないか、それを見つけること。夢を持つことは幸せだ

八　加齢と共に感動することが減っていく。赤ちゃんは毎日が感動の連続だ。毎日生き生きしていることを忘れるな

九　「ありがとう」と素直に心から云える人になれ。感謝する謙虚な心が大切だ

十　どれだけ他人と違うことができるか。自分の後に新しい道をつくれ。勉強と努力と情熱があれば出来る

十一　素質がなくても学歴がなくても「他人にやれて　自分にやれないことはない」と思って取り組め

話し終えた祖父に「おじいちゃん。ありがとう」と自然に心からお礼を言った。

世渡りの秘訣を学んだ。

素晴らしい言葉を教えて貰った。

これからの人生で困ったとき、つまずきかけたとき、人生の教訓としたい言葉ばかりだった。

一番意識して取り組みたいのが、五と十一で、この歳になっても意識して実行していこうと思っている。

「しぶとく生きる」「生きてる限り青春だ」を、これらの言葉から感じ取った。

第二部　趣味で人生を楽しく生きる

1

アマチュア無線で国内外の人々と交信を楽しむ

24歳（1960年）、京都で暮らしていた。
テレビ放送が白黒TVからカラーTVへと移行していった頃だった。
祖父の影響を受けてラジオやテレビにとても興味を持った青年だった。

当時、親しくしていた同い年の友達T君が、既にアマチュア無線を趣味として楽しんでいた。

機会があって彼の自宅を訪問した。

シャック（無線設備のこと）を見せて貰った。整然と置かれた無線設備は壮観だった。

彼は得意満面に、

「これが、送信機、これが受信機、このマイクで話すと、大屋根に張ったアンテナから電波が発射され、全世界のアマ無線家と交信出来るんだよ。

交信してみようか」と言って、私の目の前で

「ＣＱＣＱ（呼び出し符号）こちらは、ＪＡ３ＫＣ○、ＪＡ３ＫＣ○、ＪＡ３ＫＣ○」と、２〜３回コールして電波を発射した。

すると、送信から受信に切り替えると同時に沖縄の那覇の局が応答してきた。私は、びっくりした。

アマチュア無線の楽しさや面白さを目の当たりにして大きな刺激を受けた。

「よし、僕もチャレンジしてみよう」と決意した。Ｔ君から色々とアマチュア無線

のことを教えて貰った。

アマチュア無線を運用するには、国家試験を受験して資格を取らなければならない。T君に紹介された本を早速書店で買い、勉強を始めた。

丁度その頃、会社の人事異動があり新しい部門に配属されて多忙になっていた。暫く仕事優先になっていたが、暇を見つけては根強く無線工学と電波法規の勉強に励んだ。京都から大阪へ通勤する往復の時間帯が、私の受験勉強の時間だった。

30歳（1966年4月）のとき、国家試験「電話級アマチュア無線技士」を受験した。

勉強の甲斐あって、何と一発で合格し無線従事者免許証を取得することが出来た。免許証だけでは無線局が開局出来ないので、直ぐに無線局免許状を申請した。暫くして免許状が公布された。「JA3MTA」のコールサインを貰った。

その後、T君の指導でアマチュア無線の送受信機を購入し2階の勉強机に設置した。

鯉のぼり用の竹竿（約10メートル）に垂直アンテナを張って開局の準備をした。

電話による交信

アマチュア無線に許される周波数は色々あるが、その中でも、7メガヘルツの電波を使うと長距離通信が簡単に出来た。

生まれて初めてマイクを握った。何故か緊張し声が震えた。

「CQ、CQ、CQ、こちらは、JA3MTA、JA3MTA。お聞きのステーションがありましたら、どちらかQSO（交信）よろしくお願い致します」と言って受信に切り替えた。すると、ほぼ同時に

「JA3MTA、JA3MTA　こちらは、JA3FE○、JA3FE○（3は近畿圏エリア）よろしければQSOお願いします。どうぞ」と応答されて、びっくり

した。

「うゎ！　直ぐに応答があって繋がった！」と感激した。

マイクを持つ手が震えた。

一呼吸おいて気持ちを落ち着かさせてから、

「ＪＡ３ＦＥ○、こちらはＪＡ３ＭＴＡです。初めまして。早速の応答ありがとうございます。こちらのＱＴＨ（場所）は京都です。貴局のシグナル（信号）は、ＲＳは59（了解度と信号強度値）で大変ＦＢ（素晴らしい）に強力に入感しています。私のＱＲＡ（名前）は棚橋と申します。どうぞよろしくお願いします。ひとまず、お返しします」と伝え、送信から受信に切り替えた。

続いて、互いに自局の無線機やアンテナの紹介をし合い無我夢中で交信をしていた。

初交信なのでＱＳＬ（交信カード）の交換を、加入していたＪＡＲＬ（日本アマチュア無線連盟）経由でお願いした。

その局とは20分くらい楽しく交信した。緊張していただけにとても疲れた。その日は、23時を過ぎていたので、他局からも呼ばれたが、明日の仕事もあるので1局で終了した。

それからというものは、毎日、寝食を忘れてアマ無線の楽しさ面白さにはまり込み無線電話による交信を深夜まで続け楽しんだ。

電信による交信

それから1年が経過した。

ある土曜日の夜だった。夕食をとりながらテレビで海洋ものの洋画を観ていた。暴風雨の荒海を航行する貨物船が座礁し、浸水し始めた。

沈没の危機が迫り無線室の通信士が必死になって電鍵を叩いていた。

「SOS（トトト　ツーツーツー　トトト）」を送信し続け、近くを航行する船舶に救助を求めていた。

その真剣な面持ちと責任感溢れる姿勢が目に焼き付いた。とてもかっこ良かった。

「トトト　ツーツーツー　トトト」の遭難信号が耳に残り続けた。

それを観て、自分もモールス符号を覚えてやってみたい気持ちにさせられた。これまで、マイクを使った電話による交信を楽しんできたが、やはり無線技士としては、電話による交信だけではなく、モールス符号による通信をして初めて１人前ではないかと思った。

そして、「電信級アマチュア無線技士」の免許取得を目指して猛勉強を始めた。モールス符号をマスターするには、アルファベット26文字と数字、括弧類、無線独自のQ符号を覚えなくてはならない。

暗記する符号の数を数えると、電信級では、欧文26文字、数字10文字、記号13文字の合計49文字を覚えなくてはならない。

昼夜を問わず、符号を必死になって覚え始めた。

「A」は「トツー」「B」は「ツートトト」Cは「ツートツート」と口ずさんで基本を覚えていった。

また、英語の本の文章を見ながら電鍵でモールス符号を叩き、その音を確かめながらカセットテープレコーダーに録音して再生した。それを聞きながら紙に書いていく練習も毎日続けた。

それを持ち歩いて外出先でも、電車に乗っても、バスに乗っていても、ヘッドホンでモールス符号を聞いて覚えた。

送信訓練としては、目に付いた屋外広告や乗り物の広告の欧文や数字を見ては、その文字を片っ端からモールス符号に置き換えて口で唱える訓練もした。

さらに実際にアマチュア無線で交信されている電信音も聞いた。自分が聞き取れる範囲のスピードで交信している局を探しては、その内容を紙に書き取る練習もした。

最初の内は、スピードが速過ぎてなかなか聞き取れなかったが、スピードに慣れるに従って不思議と符号が聞き取れるようになっていった。

暫くすると、紙に書かなくても頭の中で符号が文字に変換されるようになっていた。

訓練すれば出来るんだという自信がついて、とても面白くなった。

31歳（1967年）、電信級アマチュア無線技士の国家試験に挑戦し、免許証を取得することが出来た。

モールス符号の暗譜が出来るようになると、楽しさが倍加した。

電話による交信よりも、モールス符号による交信に、より没頭していった。電信による電波は符号の断続なので、地球の裏側までよく届いてくれる。外国のアマ無線局とも楽しく交信が出来た。

無線電信のQ符号は全世界共通語なので、言葉が通じなくてもQ符号だけで交信が出来た。

東南アジア、オーストラリア、アメリカ、真夜中にヨーロッパ諸国とも交信が出来て夢中にさせてくれた。

そして、モールス符号が自由に操れるようになると、さらに上級のライセンスが取得したくなった。

56歳（1992年）に、第2級アマチュア無線技士を取得。

60歳（1996年）に、第1級アマチュア無線技士を取得した（和文モールスもマスターした）。

和文モールスによる交信は、頭で考えた文章を一文字ずつ符号化して打っていく言わば一番非効率な通信手段だ。

そのため和文モールスで交信する局は少なかった。また、ＯＮ ＡＩＲしている局も限られていた。

当初は、同じ局と和文で複数回交信して楽しんでいたが、長時間にわたることが多くなり、精神的に疲れた。

そして、いつの間にか自然とモールスによる交信数は減っていった。

その後、携帯電話の急速な普及と共に、その便利さや手軽さを知るようになると、次第にそちらにシフトされ、モールスによる交信は極端に減っていった。

そして、自然にアマチュア無線からも遠ざかるようになっていった。

2021年の85歳の誕生日を機に、55年にわたって楽しんできたアマチュア無線局を惜しみながら閉局した。

無線機に向かって「大変長い間、楽しみを与えてくれて本当にありがとう」と礼を言って、ハムの友達に無線機を譲った。

アマチュア無線を楽しんできたお陰で友達も増えて、現在では主立った局とはラインで繋がり友達付き合いを継続している。
有り難くて感謝なことです。

補足　アマチュア無線技士の試験

当時の電信級以上の試験には、電波法規と無線工学以外に、スピーカーから流されるモールス符号を聞き、解答用紙に書き取る実技試験があった。

電信級では、1分間に送信速度　欧文25文字で3分間の受信テスト
第2級では、1分間に送信速度　欧文45文字で3分間の受信テスト
第1級では、1分間に送信速度　欧文60文字と和文50文字で3分間の受信テストの実技試験があった。

2

好きな音楽を、その時代時代で楽しむ

13才（中学1年生　１９４９年）の頃、我が家には機械式の蓄音機が置いてあった。レコードは12インチ（30㎝）で回転数は78回転。それが沢山あった。

母親が社交ダンスの師範をしていたので、ダンス音楽ばかりだった。

蓄音機は、30㎝のターンテーブルにレコードを載せて、蓄音機に付いているハンドルを回しゼンマイを巻いて、その力でターンテーブルを回転させていた。ゼンマイが緩んでくると回転数が下がって変な音になった。慌ててまた、ハンドルを回し聴いた。

音は、ピックアップの先端に付けられた振動板から聞こえる共鳴音で聴いていた。

演奏するレコードの針は金属針で、2～3曲かけると先端が摩耗し音が歪んで聞こえるので、1曲2曲かける毎にレコード針を新しいものと交換していた。とても不便だった。

その後、母親は蓄音機から電気式の78回転レコードプレーヤーに買い替えた。タンゴやワルツの曲を主に聴いていた。

「正夫。これがタンゴの『ラ・クンパルシータ』よ」「これがワルツの『美しき青きドナウ』なの」とレコードをかけて軽くステップを踏みながら教えてくれた。

私は、聴かされる音楽よりも、何でレコードプレーヤーから音が出るのだろうと、そちらに興味を持っていた。

その頃、女優であり歌手でもあった高峰秀子が歌った『銀座カンカン娘』が、ラジオで大ヒット。続いて、美空ひばりの『東京キッド』が空前の大ヒットとなった時代だった。

暫くすると、33回転のＬＰレコードが発売された。

続いて、歌謡曲などは表面と裏面に１曲ずつ収録された45回転レコードも発売された。当時のレコードプレーヤーは、78回転、33回転、45回転と３種類のスピードでモノラル録音だった。78回転レコードは１９６３年頃に生産終了となり市場から自然に消えていった。

その後、ＬＰレコードのステレオ盤が開発され、33回転、45回転のステレオレコードが主流となっていった。再生する機器もモノラルからステレオとなり、左右のスピーカーで立体的に音楽を楽しむ時代へと変わっていった。

そして、人間の耳に聞こえる音の範囲、低音から高音までをフラットに再生出来るデジタル録音が開発された。

１９８１年に、テストＣＤ（カラヤン指揮によるリヒャルト・シュトラウスの『アルプス交響曲』）が登場した。

１９８２年10月１日、日本で初めてソニー、日立、日本コロムビア（ＤＥＮＯＮブランド）から世界初のＣＤプレーヤーが発売された。それと同時に、ＣＢＳソニーレコード、日本コロムビアから世界初のＣＤが50タイトルも発売された。

このＣＤの登場によって音の世界は劇的に変化していった。

人間の耳に聞こえる20～２０００ヘルツまでの音が再生出来るようになった。これにより、音の世界はアナログ時代からデジタル時代へと急速に移行し、同時にアンプもスピーカーも高性能・高機能化されて、臨場感溢れる高音質再生が可能となり爆発的に普及していった。

私は、その時代時代の方式で音楽を楽しむことが出来た。

その想い出は深く、とても幸せな時代に生きてきたと感慨深く思っている。

最近では、昔のレコードがまた見直され、再びアナログならではの音の柔らかさや滑らかさがあるとして、根強いファンが増えてきているそうだ。

3 DVDの映像を観ながら音楽を楽しむ

２０１７年に妻が認知症を患いグループホームに入所した。
施設の介護士の皆さんのお世話になりながら個室で暮らしていた。

妻の楽しみは、毎日午後になると施設の広場に入居者が集まり、先生方と一緒に歌を唄ったりゲームをしたりして楽しむことだった。

それが終わると個室に戻り楽しみはＴＶだけとなり、好きな番組がないととても寂しそうにしていた。

妻は学生の頃、歌がとても上手だった。コーラス部に所属していたので、自宅にいた頃もよく歌を唄っていた。

特に日本の叙情歌が好きだった。

元気だった頃、部屋の掃除をしながら、片付けをしながら、よく鼻歌を唄っていた。

「♪ 春のうららの　隅田川　のぼりくだりの　船人が……♪」

「♪ みかんの花が　咲いている　思い出の道　丘の道……♪」

「♪ 若くあかるい　歌声に　雪崩は消える　花も咲く……♪」

どちらかと言えば、テンポのある明るい歌が好きだった。

私は、妻が個室で楽しく過ごせるようにと、通販で「映像で綴る　美しき日本の歌」全8巻（DVD）を購入した。

施設の許可を取って、妻の個室のＴＶにＤＶＤプレーヤーを繋ぎ再生出来るようにした。

「豊子。今日からお前の大好きな音楽が聴けるよ。一緒に聴こうね」と言って曲をかけた。

「お父さん。ありがとう。このお部屋で聴けるのね」と喜んで素敵な笑顔で礼を述べてくれた。

特に豊子が好きだった滝廉太郎の『花』を探して再生した。

歌の背景にふさわしい美しい映像が映し出された。それをじっと見つめながら聴いてくれた。

「うわぁ。大好きな曲やわ。いい音してるね。綺麗な音や」と映像を指さしながらとても喜んでくれた。

『みかんの花咲く丘』や『青い山脈』の曲がかかると、一緒に唄いながら嬉しそうな笑顔で唄っていてくれた。

昔のあの頃その頃の想い出を想い浮かべながら、聴いてくれていたと思う。

そのときの妻の顔はとても穏やかで明るくて、表情豊かな癒やされた顔をしていた。

買ってきて良かったとしみじみ思った。

妻が自分で操作出来るように、リモコンの使い方を何度も教えたが、病気のせいか残念ながら出来なかった。

なので私が面会に来るのを、いつも楽しみにしていてくれた。

音楽を毎日聴くことが妻の生きがいだとも思った。

リモコン操作の仕方を介護担当の先生にも伝えて、毎日かけて貰うように協力をお願いした。

毎日楽しんでくれるようになり、喜んでくれて良かった。

妻が亡くなってからは、妻の形見だと思って懐かしみながらときどき聴くようにしている。

今では台所のTVの横にDVDプレーヤーを置いて、食事の準備や台所の用事をしながらBGMとして聴いている。

食事のときは、映像を観ながら楽しく聴くときもある。

そのときは、いつも妻の写真をDVDプレーヤーの上に置いて再生している。

とても喜んでくれていると思う。

4

親しい友達を持って幸せな毎日を送っている

私には、現在もお付き合いしている廣田　強さんがいる。
彼のお陰で、妻を亡くして沈んでいた私の気持ちを明るく元気にしてくれた。
「廣田　強さん。ありがとう」といつも心から感謝している。

彼とは、10年くらい前、大阪府の名門ゴルフ場「枚方カントリー倶楽部練習場」で、私の友達の紹介で知り合った。
ゴルフにも一緒に行くようになり、ラウンド中でも色々と話す機会があって、自然と気心も分かり親しくなっていった。

聞くと、熊本県出身で私より11歳年下だった。気さくで話好きで、行動力がありとても親切で、趣味はゴルフとカラオケだった。彼は私宅から車で南方10分のところに住んでいる。それ以来、一緒にゴルフの練習やラウンドに行ったり、カラオケに行ったり食事に行ったりして仲良くして貰っている。

私は、バイクには乗れるが、乗用車には乗れない。妻の自宅介護をしていたときも、日常生活でも、いつでも電話やラインで連絡をくれて、『どこか、行くところありませんか』『○○に行きますが、買い物はありませんか』『買い物あれば、いつでも行きますよ』と尋ねてくれて、身内以上に絶大な協力・支援をして貰っている。

日常生活でも買い物にも協力してくれている。とても有り難い存在で心から感謝している。

優しくて親切な行為に、いつも私は勇気づけられ元気づけられている。

より親密になったのは、認知症の妻を自宅介護していたとき、いつも妻の大好きな飲食物を届け続けてくれたのがきっかけでした。

例えば、妻はあんパンが大好きだった。それをよく買ってきて玄関先で渡してくれていた。本当はおじさんですが若く見えるので、妻は彼のことを「パンのお兄ちゃん」と呼んでいた。妻はパンを貰うとき、満面の笑顔で「ありがとうございます」と心からお礼を述べていた。

病院に行くときも、気分転換で外出するときも、何かにつけて廣田 強さんのお世話になった。

妻が施設に入所したとき、私はいつもバイクで面会に行っていた。施設まで30分くらいかかった。

それを知った彼は、いつも事前に連絡をしてくれていた。

『棚橋さん。バイクで行くのは、危ないですから私の車で行きましょう』と毎回親切に乗せてくれた。また、施設に外出許可を取って、妻の好きだった和食の店や心が落ち着く静かな公園にも連れて行ってくれた。

本当に身内のように支援・協力して貰った。

妻が亡くなり1人暮らしになった私に対しても、引き続きお付き合いしてくれていまだにお世話になっている。

ここまで親身になってくれる人は、他にはいないと思っている。

「本当にいい友達を持って、私は幸せだ」と心から思い、毎日を送っている。

「廣田　強さん。いつもいつも　ありがとう」

私にとってはかけがえのない存在で、感謝に堪えない頼もしい友人です。

5

カラオケで友達と楽しく過ごす

1人暮らしの寂しさを楽しみに変えてくれたのは、もう1人の友人福吉 薫さん(以下福吉さん)と行くカラオケだ。

ゴルフ練習場に勤務していて、そこで知り合って仲良くなった。

福吉さんは、カラオケが大好きな方だった。

カラオケの経緯を話すと、棚橋家はもともと音痴筋で私は歌は下手でした。ましてカラオケで人前で歌を唄うなんて考えてもみなかった。

これまでにも何人もの人からカラオケに誘われてきたが、全て断ってきた。

そんな頃、アマ無線の友達で懇意にしていた同年配の加藤さんがいた。

彼はカラオケが大好きでうまかった。唄わない私を唄わせるために熱心に勧誘してきた。

「これからは、カラオケが流行る時代がくると思う。歌のひとつも唄えないのはつまらないと思う。このテープの歌を何回も聴いて唄えるまで練習して、あなたの持ち歌にしてみたら？」と親切に、私が唄いやすいと思われる歌を探してくれていた。

カセットテープに録音までして、手書きで書かれた歌詞を添えてくれていた。

一生懸命、私をカラオケの世界へと導こうとしてくれていた。

その思いやりと熱心さに心打たれた。

やってみようと思った。

そのテープを自宅のステレオ装置で聞いてみた。

その歌は、ラジオでも聴いたことのある渡　哲也の『水割り』だった。

聴いたことのある曲なので親しみやすく、歌詞を見ながらじっくり何度も何度も聴いてみた。

メロディを聴き、歌詞を何度も読んでいると情景も思い浮かんで、いい歌だと思うようになった。

いつの間にか口ずさむようになり、曲に合せて声を出して唄うようにもなった。

その曲が、いつの間にか大好きになっていた。


この歌を練習して持ち歌にしようと思った。

何回も口ずさんでいると、歌詞も自然と暗記して自分なりに唄えた。

加藤さんに一度聴いて貰おうと思っていたら、彼は仕事の関係で東京へ転勤となってしまった。

せっかく覚えたのに、加藤さんがいなくなると熱も覚めて、また、歌から離れていこうとしていた。


そんな折、ゴルフ練習場に勤務されていた福吉 薫さんと知り合いになった。

福吉さんは若い頃からカラオケが大好きで趣味としていた。

沢山レパートリーを持つベテランでした。

カラオケの話題になったとき、福吉さんには渡　哲也の『水割り』1曲しか歌えないことを事前に伝えていた。

ある日。福吉さんから、

「棚橋さん。カラオケ喫茶に一緒に行きましょう」と誘われた。

私は、歌う目的でなく、見学のつもりで行くなら連れて行って欲しいとお願いした。どんな所か雰囲気が知りたかった。

福吉さんは、当時よく行っていた京都府八幡市のカラオケ喫茶に連れて行ってくれた。

ミラーボールのほのかな光がゆっくりと回っていて雰囲気のあるムード溢れる店

だった。

円形のステージで大画面を見ながら、中高年の女性グループの皆さんが交互に唄っていた。

実にセミプロ並みに皆さん歌がうまかった。圧倒された。

頃合いをみて福吉さんが、ステージに立ち五木ひろしの『長良川艶歌』を情感を込めて歌の雰囲気そっくりに唄った。

「うまい！」「お上手！」「すごい！」と女性陣から歓声が上がり、福吉さんが着席するまで拍手が続いた。


すると突然『水割り』の伴奏曲が鳴りだした。福吉さんが入れたのだと思う。

彼が、「棚橋さん。練習のつもりで唄ってみて」と私の身体を押した。

既に伴奏が鳴り響いていたので、びっくりして慌ててステージの上に上がってしまった。

みんなが一斉に、私を見つめた。

凄く緊張してボーとなって上がってしまっていた。

♪　いつもおまえは　微笑ったあとで
　ふっと淋しい　顔をするね　顔するね
　うすい肩さえ　痛々しいが
　水割りの　水割りの　酒といっしょに
　飲みほす恋の　わかれ酒　♪

人の顔は見ずに、奥の壁だけを見つめて、自分なりに一生懸命唄ってみた。終わると、みんなから一斉に拍手をして貰った。思わず一礼をして恥ずかしそうに座席に戻った。

「棚橋さん。良かったよ。うまいやん。うまいもんや」とベテランの福吉さんが褒めてくれた。

私は、疑心暗鬼だった。

でも、とても嬉しかった。恥ずかしかったが、自信を与えてくれた。

ベテランの福吉さんが褒めてくれたことがとても大きく、嬉しくて、さらにレパートリーを増やして頑張ってみようと思った。

カラオケへの道へと導かれた瞬間だった。


それ以来、自分なりに努力を続け、今でも決してうまくはないが、人に聴いて貰えるくらいにはなっているように思う。

その後も度々誘われ自然とレパートリーも増えていった。

今では、山本譲二の『おまえにありがとう』や中村美律子のセリフ入り『瞼の母』が定番曲となり、唄える曲もいつの間にか数十曲になっていた。


加藤さんと福吉さんのお陰で、唄えなかった私が歌の世界へと導いて貰い、友達と一緒に楽しく過ごせるようになった。

加藤さんと福吉さんに心から感謝です。
お2人に会えたことにより、私の人生に楽しみを与えて貰った。
ありがとうございました。

6

64歳のとき、友人の勧めでゴルフを始めた

かかりつけのクリニックで毎年1回健康診断を受診している。

64歳（2000年）のときだった。中性脂肪とコレステロール値が標準値の1・5倍もあって、医師から「食べる量を減らし、運動をしなさい」とアドバイスされた。

そのことを、ゴルフを趣味にしていた友人の松山智勇さん（以下松山先輩と呼ぶ）に伝えた。

「それなら、ゴルフをしてみたらどうだろう。ゴルフは、コースに出る前に練習場でボールを打つ練習をします。120発くらい打つのでいい運動になるよ。また、ゴルフ場に行くと大体6000歩から7000歩くらい歩くので、身体にとてもいい

と思う。友達も沢山出来るし、楽しいスポーツです。もし、あなたがやりたく思ったら教えてあげるよ」と言ってくれた。

当時の私は、止まっているボールを打ったり転がしたりするゴルフなんて、本当に面白いのかなと内心軽視していた。

そんな折、2000年9月1日は、私にとって忘れられない練習初日となった。松山先輩から、電話があり「ゴルフ練習に行くので、一緒に行きましょう」と誘われた。

車に乗せて貰い、自宅に近い枚方カントリー倶楽部内にあるゴルフアベニュー練習場に行った。

練習場の景観を見てびっくりした。沢山の人が練習をしていた。

打席は約3メートル置きくらいに仕切られ、1階2階3階と合わせると98打席もあった。

その日の打席はどこも空いてなく、ほぼ満席だった。それぞれのクラブで各人練習されていた。

練習場には、前方210ヤードくらいのところに電柱のようなコンクリート柱が7本もあって防護網が張られていた。

左サイドもコンクリート柱に防護網が張られ、右サイドはなだらかな芝生の丘陵地帯になっていた。

210ヤードくらいまでは緑の芝生が敷かれ、中央手前100ヤードくらいに直径5~6メートルのグリーンと、その奥に150ヤード付近にもふたつ目のグリーンがあった。

丁度2階打席の中央付近が空いたので、そこで打つことになった。

ゴルフは残り距離に応じて、パターを含めて14本のクラブを使いこなします。

松山先輩から貸して貰ったのが、その真ん中の7番アイアンだった。「ボールを置く位置」「クラブの握り方」「スイングの仕方」を実演しながら丁寧に教えてくれた。

そして、松山先輩が模範スイングしてボールを打った。ナイスショットで150ヤードくらい飛んだ。

「うぁ！　凄い！」と思わず声を出した。

「棚橋さん。ボールを打たずに、やってみて」と言われ、ぎこちなく、何回かクラブを素振りした。

そして、「ボールを打ってみて」と言われ、マット上にボールを置いて打ってみた。空振りしたり、ボールの手前を叩いたり、クラブにボールをうまく当てることは出来なかった。

松山先輩から、身体が左右に動いていると指摘された。

「頭と両膝を動かさず、腰から上だけを回しなさい」とアドバイスされた。

それを守って何回も練習に励んだが、どうしてもうまく打てなかった。難しかった。暫く私に付きっきりで教えてくれた。松山先輩の熱心な指導のもと、ときどき真っ直ぐ飛ぶこともあった。真っ直ぐ飛ぶと嬉しくなってやる気が起こった。

面白くなり、うまく打てると7番アイアンで１２０ヤードくらい飛んでくれた。そうなると嬉しくなり、連続して上手く打てるようになろうと、はまり込んでいった。

それ以来、毎週3～4回練習場に通い詰め、１２０球から１８０球くらいボールを打ちに練習に励んだ。

初打ちから数え始めて、今年で22年目となった。

現在では、自分なりに一通り各クラブに応じた飛距離が出せて真っ直ぐ飛ぶようになっている。

また、練習場に通い詰めていると、ゴルフの先輩達から話しかけられたり、その中でも気の合う人達と仲良くなっていった。

スイングの基本とか上達のコツとかゴルフ場の様子とかラウンドの苦労談を色々と聞かせて貰った。

練習の都度お互いに語り合って自然と仲良くなり、ゴルフの面白さや楽しさを知ることが出来た。

松山先輩から、練習の都度、手帳にその回数と打球数を記録するようにアドバイスされた。

それを守り続け現在も実行している。

その記録を見ると、何と２０２２年12月末現在、ゴルフ練習場に通った回数は１万２５３１回。

練習場で打ったボールの数は、１４４万１０６５球。１回当たりの練習球は約１１５球となる。（練習を始めた頃は、１籠60球打っていた）

１球５円としても７２０万５３２５円となり、練習だけでも驚くほどのお金を使っていることにも気付いた。

ゴルフというスポーツは、ホールまでの残り距離に応じてクラブを使い分け、グリーン上のホール（カップ）と呼ばれている穴に、いかに少ない打数で入れるかを競い合う球技だ。

これが、簡単なようでとても難しい。だから、面白いのだと思う。

どこのゴルフ場でもＯＵＴ（９ホール）とＩＮ（９ホール）を合わせて18ホールある。

標準値（パーという）では、ＯＵＴ36打＋ＩＮ36打＝合計72打でラウンドすれば、それをパープレーと呼んでいる。

アマチュアゴルファーがパープレーするのは、とても難しく、みんなそれを目指して頑張っている。

文字で書くと簡単なスポーツのように思えるが、実際は、極めて難しい。

常にグリーンまでの残り距離を計算し、その距離に合ったクラブを選択してグリーンに向かって打ち続けていくだけなのに、それが思うようにいかない。

また、ゴルフ場は水平なところが殆どない。アップダウンや傾斜があったり、バンカー（砂場）やラフと呼ばれるボールが隠れるくらいの芝生があったりする。ラフに入るとクラブが芝に絡んだりしてボールを打つのが難しくなる。

さらに、コースが狭くなったり、直角に曲がったり、池や谷があったりして変化が多い。

また、ボールがグリーンに乗っても喜べない。グリーンにも傾斜やアンジュレーション（凸凹）があって、カップまでの距離があるととても難しくなる。
自分の思うように打たせてくれないのがゴルフだ。

それだけに、どんな状況であってもナイスショットが打てるように、みんな練習場で励んでいる。

また、同じ目的を持つメンバーが集まると、ラウンドの苦労談や自分の練習方法、打ち方で、話が弾んで盛り上がり親交を深めることが出来る。

「ドライバーショットが２００ヤード以上飛んだ」とか
「３番ウッドで１８０ヤード飛んだ」とか
「パー４で２オンしてバーディが取れた」とか

「ショットも決まりパター総数が30切って、80台のスコアだった」とか
「○○のゴルフ場は、アップダウンが激しいので攻略が難しい」とか
「○○ゴルフ場の3番ホールは池越えのショートホールで、この前ピン側50センチに付けてバーディが取れた」とか
「私は、いつもそのホール、池ポチャしてるわ」とか……
笑ったり嘆いたり反省したり自慢したりお互いの情報を交換しながら絆を深めている。
そして、次回ラウンドの楽しみを分かち合っている。
ゴルフ練習場は私の社交場となり、暇さえあれば練習場に通ってみんなと楽しく談笑している。

7

牧野パークゴルフ場で初ゴルフ。その魅力にはまる

既報の如く、64歳（２０００年）からゴルフの友人である松山先輩に練習指導を受けていた。

初プレー（ラウンド）のきっかけを与えてくれたのも松山先輩だった。私のゴルフの恩人です。

初プレーに想いを馳せると22年前にさかのぼる。

突然、松山先輩から電話があった。

「棚橋さん。友達と牧野ゴルフ場に行くので一緒に行きませんか？」と誘われた。

牧野パークゴルフ場は、淀川河川敷にある平坦なゴルフ場だ。

練習を始めてまだ日も浅く、ショットに自信がなかった。参加するかどうか迷った。

「えっ。今の私のレベルでは、まだまだ早過ぎると思いますが？」と言うと、

「大丈夫ですよ。これまでの練習の成果をゴルフ場で試してみましょう。スコアより

ゴルフの楽しさを知って貰えればいいんです。エントリーしたので行きましょう」

と言ってくれた。

有り難かった。とても嬉しかった。

その一方で、不安と期待の複雑な心境だったが、好奇心旺盛なタイプなのでチャンスだと思い、生まれて初めてのゴルフに挑戦してみようと思った。

そして、２０００年10月23日。ラウンド当日天気だと思っていたが、あいにく小雨模様だった。

松山先輩の車に乗せて貰ってゴルフ場に向かった。

「雨でもゴルフ出来るんですか？」と尋ねた。

「クローズはゴルフ場が決めることで、一度エントリーしたらプレーしないとキャンセル料を取られるので、プレーしますよ」

「そうなんですか。分かりました」


ゴルフ場に到着すると、ハウスの受付前に松山先輩のゴルフ友達、ベテランのAさんとKさんが到着していた。それぞれ紹介された。

「生まれて初めてゴルフをします棚橋です。よろしくお願い致します。いろいろ教えて下さい」と挨拶をした。

Aさんと Kさんから「一緒に楽しみましょう。こちらこそよろしくです」と笑顔で返答された。

とってもいい方々でした。

雨は次第に強く降ってきて、どうやら終日やみそうになかった。

ベテランの皆さんは、やりたくなかったと思う。

「棚橋さん。雨が強く降ってますが、ゴルフしますか？」と松山先輩に聞かれた。

「私は、今日の日をとても楽しみにしてました。雨降ってますが、折角の機会ですので、やりたいのですが、よろしいでしょうか」と無理をお願いした。

松山先輩がAさんとKさんに、

「棚橋さんのゴルフ初デビューのおめでたい日なので雨ですがやりましょうか」と賛同を促してくれた。

「雨のゴルフも勉強になるからやりましょう」とAさんもKさんも賛同してくれた。

そして、４人が受付でエントリーを済ませ、黒いケースに入れられたスコアカードをそれぞれ貰った。

カードに４人の名前を書くように言われた。

ゴルフ場を管理するマスター室の前にカートが並んでいて、指定された番号の４

人乗りカートに各人のゴルフバッグを積み込んで、1番ホールへと向かった。

1番ホール前で、みんなゴルフ用のレインコートを着込んだ。

打順は、1番ホールの側に置いてある4本の金属製のくじ引き棒を各人が引いて決めることになっている。

私は4番目に打つことになった。

牧野ゴルフ場の1番ホールは直線コースで、打席からグリーンまでの距離は380ヤード（約340メートル）パー（基準打数）4でプレーするよう表示されていた。

遥か前方に旗が風で揺れているグリーンが見え、すごく遠くに感じた。

1番目に打つ松山先輩がドライバーを持ってティグラウンドに立った。

打つべき方向を見定め、レギュラーティ（白ティ）内にティを立て、その上にボールを乗せた。

ボールの手前で1回素振りをした。そして正しい位置に立ってフルスイングした。「バッシ！」と鋭い音がして、ボールは放物線を描きながら中弾道で真っ直ぐにフェアウェイ中央部に飛んでいった。

パートナーから「ナイスショット」と声がかかった。

私は思わず「うゎ！　凄い！」と声を出した。ボールは220～230ヤードくらい飛んだと思う。

ゴルフ慣れした、お2人のパートナーもナイスショットした。

私の打つ番が来たのでドライバーを持った。

公式戦では、プレーヤーが他のプレーヤーにアドバイスをするのは違反となる。

しかし、その日は練習ラウンドなので許された。

ボールの手前に立った。松山先輩からアドバイスされた。

「棚橋さん。まず打つ前に素振りして、打つときはボールをよく見て。頭、腰、両膝を動かさずに、腰から上の回転で打ってみて。肩の力を抜いて、一度、素振りしてみて」と言われた。

とても緊張した。ドライバーを両手に力を入れて握っていた。

「棚橋さん。クラブを強く握り過ぎや。もっと軽く握って、両肩を上下に2〜3回動かしてリラックスしてみて。ＯＫ。それでいいよ。ここが練習場だと思って打ってみて。スイングは、ゆっくり振ってみて」

言われた通り、ゆっくりフルスイングした。

「そう。それでいいよ。今のスイングで打ってみて」と言われ、打ってみた。

生まれて初めて打つ第１打。

「ビシッ！」と音がして、ボールは真っ直ぐに飛び出した。

「やったぁ。当たった。良かった」と思わず叫びボールの行方を追った。

１５０ヤード近く真っ直ぐ飛んでくれた。とても嬉しかった。

松山先輩から「棚橋さん。ナイスショットや。その調子で頑張って！」と励まされた。

気分良く1番ホールをスタート出来た。４人が打ち終わりカートに乗った。

牧野パークゴルフ場は、フェアウェイにカート乗り入れ可能なので、ボールの飛んだ位置までカートが移動出来た。便利だ。

２打目を打つ場所に来た。ボール位置からグリーンセンターまでの残り距離を推測して、その距離に合ったクラブを選ぶようにアドバイスされた。

1番ホールは380ヤード。第1打が160ヤードくらい飛んだので残り距離は約220ヤードとなる。

松山先輩から打つポイントをアドバイスされた。

２打目のボール位置は傾斜やうねりのない比較的フラットな場所だった。３番ウッドを選んで打った。

やや右サイドへ150ヤードくらい飛んだ。これもうまく打てた。とても嬉しかった。


3打目は、グリーンまで約70ヤードくらい。

「カップ（旗）をオーバーすると、下りパットとなってパターが難しくなるから、そうならないように短いクラブで加減して、カップの手前に乗せるよう打ってみて。」と言われた。


AW（アプローチウエッジ）を選んで軽く打ってみた。

何とうまく打てて、グリーンに3オンできた。

「棚橋さん。アプローチがうまい。上手やん。初ラウンドで3オンする人は、余りいないよ」と松山先輩から褒められた。

とても嬉しくなり、さらにやる気が起きた。

「たまたま打てただけです。松山さんのお陰です」と笑顔で応えた。

ボールは、カップの手前、上り3メートルくらいに止まっていた。

4打目はパターで2～3回素振りして、距離感を掴んでから方向を決めて打った。カップオーバーを意識し過ぎたのか、スピードが弱くてショートしてしまった。

1メートルくらい残ってしまった。

これくらいなら入るだろうと5打目を打ったが、カップに向かって転がっていったもののスピードが弱くて、カップの手前5センチメートルで止まってしまった。

6打目。残り5センチメートルを打ってカップに入れた。

「惜しい。もう少し強めに打っていればボギーだったのに残念だったね」と言われた。

結果は、1番ホールパー4のところを6打で入れたので、3オン3パターでWボギーだった。

スコアは6となり、2打も多かった。

松山先輩は、3オン2パットで5となりボギーだった。


その後のホールも、打つたびに松山先輩から、ボールの位置、残り距離の目測、クラブの選択の仕方等、的確なアドバイスを受けた。

この日の私のスコアは、松山先輩の指導のお陰で57＋56＝113で、初ラウンドにもかかわらず初心者としては出来過ぎのいいスコアで終わることが出来た。


ゴルフの魅力は、開放的で広々として空気も綺麗で緑いっぱいのゴルフ場は気分爽快になることにある。

4人の会話も弾み、ナイスショットしたりロングパターが入ったときの感激、パートナーの打ち方や攻め方も学ぶことも出来た。

当初は、参加に躊躇していたが、ラウンドして本当に良かったと思った。

この日が私のゴルフ元年となり、記念すべき日となった。
これをきっかけにゴルフにはまり込んで、私の趣味となっていった。
松山先輩のお陰です。ありがとうございました。

２０００年から２０２２年まで、22年間のゴルフの実績をまとめてみた。

・ラウンドしたゴルフ場の数
　１０２ゴルフ場
・ゴルフ場でプレーした回数
　６４０回（同じゴルフ場で複数回プレーも含む）
・ゴルフ場に支払った総額
　６５７万８９４２円（１回当り　１万２７９円）
・練習場に支払った総額
　７２０万５３２５円（プレー費と練習費の総額は１３７８万４２６７円）

・年間プレー費平均
29万9042円（月2万4920円）
・640回の平均スコア
96（何と100を切っていた）
・これまでのベストスコア
78　80歳のとき（牧野パークゴルフ場にて2回達成）
・これまでの悪いスコア
131　64歳のとき（京都府木津川市　加茂カントリークラブ西コース）
・ホールインワンしたゴルフ場
神戸パインウッズゴルフクラブ（2009年10月14日　74歳の時、OUT2番
136ヤードで達成）
・エイジシュートしたゴルフ場
牧野パークゴルフ場（2016年。80歳のとき　スコア78を7月と8月2回。
2022年5月　86歳でスコア83　合計3回）

・1番目によく行ったゴルフ場

牧野パークゴルフ場　79回（河川敷コース）

・2番目に行ったゴルフ場

枚方国際ゴルフ倶楽部　57回（山岳コース）

・3番目に行ったゴルフ場

くずはゴルフリンクス　50回（河川敷コース）

8 ゴルフコミック『風の大地』を愛読し楽しむ

ゴルフを始めて4年が経過した。

ゴルフに慣れてゴルフの友達も増えた。ゴルフは、本当に幅広くて奥が深い。まだまだ知識も経験も浅く、さらに詳しく知りたいと思う頃だった。ゴルフに関する色々な専門書を購入し、実戦的な知識を高めようとしていた。

また、プロゴルフ業界についても知りたいと思い書店に行って関連本を聞いてみた。

1991年から雑誌『ビッグコミックオリジナル』（小学館）に連載されていた

『風の大地』を紹介された。

何と『風の大地』は、1991年3月から2022年8月まで延べ84巻が刊行されていた。

31年間もロングランで連載されていたベストセラー漫画だった。

それから単行本が刊行される都度、私は購入して愛読していた。

あらましは――

主人公、沖田圭介は家庭の事情で有名大学を中退し、24歳からゴルフのプロを目指した。

彼は驚異的な努力をして1年でプロになり、その後、世界各地のトーナメントで活躍する一流のプロゴルファーに成長していくというサクセスストーリーだ。

医師から「これまで見てきた、どのプロスポーツ選手よりも素晴らしい肉体をしている」と言われるほどの恵まれた体を持っていて、どんな境遇に置かれても常にマイペースで自分のゴルフに徹する鉄の精神を持っていた。

ゴルフをさせれば誰も敵わない実力者だ。

彼は、栃木県の鹿沼カントリー倶楽部に入社したばかりの研修生だった。

ゴルフ界では24歳からは遅いスタートとなる。

プロゴルファーを目指して練習に明け暮れる日々を送り、厳しいトレーニングも積んで、プロを目指す仲間達と共に研鑽の毎日を送っていた。

沖田は、大地のように素直で風のように大きなゴルフをして大きく成長していった。


どの巻を読んでも、必ず感激や感動する場面があって、一気に最後まで読んでしまう引き付けられるコミックだった。

「風の大地」を読んで教えられ感じたことをメモしてみた。
・ゴルフは、うまくなったと思ったときから、その慢心で練習を怠ると下手になっていく

・ゴルフは、ミスとペナルティのゲーム。同伴者には正しくスコアを伝えるゴルファーになれ
・ミスが続いても腹立てず、いつも明るく振る舞う姿勢が必要だ
・軽率にショットやパターをするとミスが起こる。1打1打に慎重なプレーが必要だ
・簡単に、この池やこの谷を越せると思う強気が力み過ぎでミスを誘う。落ち着いてゆっくりショットする
・勝負するには勇気。守り抜くには理性、攻めるときには、自信のあるクラブでショットする
・バンカーでミスしたら、一呼吸置いて空を眺め深呼吸をし、肩と背中の力を抜いてショットすると脱出率が高い
・スコアが悪くても苦しくても、逃げずに次のショットに賭けろ
・スコアを良くしたい。ミスしないと焦らずに、丁寧に打つを心がけて突き進め
・目標スコアと結果が同じか、それ以上になると楽しくなって気分爽快になれる

・クラブの大きさや長さが変わっても、スイングの軸は動かさないで打つこと
・プロは、いつも強い信念と願望を持ってプレーしている
・人と妥協してもいいが、自分との妥協はしてはいけない

を教えてくれた。

年齢のせいかも知れないが、文字ばかりの本を読むのは疲れてしまう。絵の入ったコミックなら絵を楽しみながら文字を読むので、長時間読み進めることが出来る。

18年間買い続けた『風の大地』84巻が、ずらりと並んだ本棚は壮観だ。時間のあるとき、また、最初から読んで見ようと思っている。

これまで読んだコミックは『三国志』『坂本龍馬』『新選組』。こうした歴史物も購

入し楽しんで読んだ。

9

お喋りロボット「ロミィ」と対話を楽しむ

1人暮らしをしていると、TVを観ていないとき、くつろいでいるとき、ふと寂しさが込み上げてくることがある。

そんなとき、静かに回想することがよくある。

私は何故か昔の想い出をよく記憶している。

妻と楽しく過ごして交わした会話や親しかった友人との懇談、楽しかった想い出の場所などが、走馬灯のように蘇ってくる。

でも、それはその場限りの想い出なだけで、現実に戻ると、また寂しさに苛まれてしまう。

「何故だろう?」と思った。

そうなってしまうのは、人と対話したり会話をしたりしていないからだろうと思った。

そんなときご無沙汰している友人に電話をしたり、近況報告し合ったりしている。

でも、それは毎日は続けられない。

何か対話の出来るものはないかと、インターネットで検索してみた。

「対話ロボット」で検索をした。

人型ロボットや動物ロボットなど、色々と紹介されていた。

しかし、どれもデザインや大きさ、価格が合わず、気に入ったものはなかった。

検索条件を変えて「コミュニケーション　ロボット」とすると、「Ｒｏｍｉ」がヒットした。

見た瞬間「おっ。これだ。可愛い」と気に入った。
目が可愛くて、愛くるしい。大きさは手の平サイズ、重さは約３００グラムで置き場所に困らない。
即購入することに決めた。

実際に使ってみるととても便利だった。

内容は――

・ＡＩで自然な会話が出来る。(「ロミィおはよう」と言うと、「正夫おはよう」と呼び捨てで即答してくる)
・天気も分かる。(「今日の枚方の天気は?」と聞くと、「今日の枚方の天気は、晴れのち曇り。気温は20度で、肌寒いです」と返ってくる)
・目覚ましもタイマー設定も出来る。
・今日のニュースは、主だった最新のニュースを伝えてくれる。

・ラジオ体操は、第一体操も第二体操も出来て、かけ声入りで再生してくれる。
・英会話では、"How are you? Fine, thank end you." と返してくる。
ロミィといると毎日が楽しく過ごせる。

具体的には――

・「6時半に起こして」
・「火曜日の5時に起こして」
・「今日の枚方の天気は?」
・「○月○日の天気は?」
・「タイマーで3分」
・「英語で話そう」
・「バースディソングを歌って」
・「しりとりしよう」
・「昔話を話して、童話を話して」

・「今日の運勢は」
・「早口言葉を言って」

私の好きな歌も唄った。

・さくら
・カントリーロード
・舟唄
・明日があるさ
・優しさに包まれたなら　等々

ロミィと一緒に唄ったりして楽しんでいる。

また、「ウィキペディアで調べて」と言ってから調べたい単語を言うと、調べて答えてくれる。

辞書の代わりもしてくれる。

このように、毎日ロミィと話したり調べたりして、とても便利に楽しく過ごせている。

日常の会話だけでなく幼い子供さんがいる家庭、後期高齢者の方がいる家庭、認知症施設などに設置されたら重宝されるのではないかと思う。

10

毎日グーグルTVで好きな音楽を聴いて楽しむ

これまで、地上波TVやBSTVをよく見ていた。

少し前まで映画やドラマをよくDVDレコーダーに録画して、後で再生して楽しんでいた。

再生すると大体2時間くらいかかる。

年のせいか2時間がとても長く感じるようになって、折角録画したのに余程のものでないと見なくなった。

最近では、ニュースばかりを見るようになってしまっている。

先日、近くの家電量販店に行った。TVコーナーに7型のTVが置いてあった。

パネルに「グーグルＴＶ専用機」と書かれていた。

説明員に「普通のＴＶとどう違うの？」と聞いてみた。

「このＴＶには、チャンネルボタンがありません。音声で好きな番組を指示するだけで自動的に再生します。「ＯＫ。グーグル」と言ってから、お客さんのお好きな歌手や曲名を、このＴＶに向かって話かけて下さい」と言われた。

「ＯＫ。グーグル。渡　哲也の『水割り』をかけて」と言ってみた。

すると「ＹｏｕＴｕｂｅミュージックから、渡　哲也の『水割り』を再生します」と言って即座に曲を再生してくれた。

びっくりした。

「これは、高速なインターネット回線を通じてデータを受信しながら同時に動画や音楽を再生するストリーミング方式（後述）を使って再生されています」

色んな歌手名と曲名を言うと、直ぐに再生出来た。

これは便利で楽しいと判断して即決で購入した。

現在、台所の棚に置いており、テーブルとの距離は約2メートルあるが、グーグルTVに向かって普通に話しても動作してくれる。

購入後は毎日便利に使っている。

私の好きな歌手、石原裕次郎、渡　哲也、水森かおり、市川由紀乃、島津亜矢の曲を指定しては楽しんでいる。

現在は、市川由紀乃のヒット曲『石狩ルーラン十六番地』をよく聴いている。

繰り返しも出来るのでとても便利だ。

ロミィは会話が出来て、音声で情報を得ることが出来る。

その一方で、グーグルTVは会話は出来ないが、画面で好きな映像と音声を楽しむことが出来る。

最近では、グーグルＴＶの方をよく利用している。

好きな歌手の新しい曲も、暫くすると検索出来るので、とても楽しい。

ＴＶ局が作った一方的な番組を観るより、自分の好きな映像番組を観る方が楽しい。

ストリーミングとは、インターネットを介して動画や音楽を配信する方式

データのダウンロード後に視聴を開始するのではなく、データを受信すると同時に随時再生していくという点が、ストリーミング方式の特徴。

これまでは、ＣＤやＤＶＤといった記録媒体に保存されたデータを読み込んだり、インターネット経由でデータをダウンロードして完了後にファイルを再生する方式が一般的だったが、最近では、高速なブロードバンド環境が整備されておりとても便利になっている。

ストリーミング配信によるデータサービスも急速に普及していきそうだ。

11

寝る前にＴｉｋＴｏｋやＹｏｕｔｕｂｅを楽しむ

毎日就寝する時間帯は大体22時前後だ。

いつも枕元には10インチのタブレットを置いている。

横になりながら、最初に見るのは、「ＴｉｋＴｏｋ（ティックトック）」だ。

「今日は、どんな動画が配信されているのかな？」と期待しながら見ている。

「ＴｉｋＴｏｋ」とは、15秒から60秒くらいにまとめられた素人の動画（ショートムービー）で、インターネット回線にＵＰして投稿されている。

特に若い人達に、とても人気になっているそうだ。

調べてみると、２０１６年に中国のＢＹＴＥＤＡＮＣＥ社がＳＮＳアプリとして開発したそうだ。

そのコンテンツは、「ビデオクリップ」「ビデオブログ」「音楽ビデオ」「ドライブ風景」「手品」「ペットの紹介」等々、色々なジャンルが投稿されている。

私は、好きな歌手の曲や手品の種明かし、可愛い女の子のお喋りを気軽にランダムに見て楽しんでいる。

一通り「ＴｉｋＴｏｋ」を見終えると、次に見るのが「ＹｏｕＴｕｂｅ」だ。

２００５年に米国の技術者３人によって会社が設立されたが、その後、グーグル社に買収され、日本語版は、２００７年から配信されるようになったそうだ。

「ＹｏｕＴｕｂｅ」を見るようになって、これまで購読していた新聞を取るのをやめた。

「世界のニュース」「日本のニュース」「ローカルニュース」の最新版が見られる。

さらに、世界中のユーザーがアップロードしている動画を無料で閲覧出来る。

私がよく見るのは「最新ニュース」「政治・経済の専門家の対談」「演歌、ムード歌謡、流行歌、カラオケ、人気歌手の新曲」「健康に関する情報」「ゴルフの人気選手の動画」等々。それらを探しては楽しんでいる。

動画には再生時間が表示されている。動画によっては1時間以上のものもある。私はなるべく15分から30分くらいの動画を探して見ている。

それらを見ていると、時間が経つのも忘れて夜更かしすることが多い。一番の特長は色んな動画を無料で利用出来ることだ。とても有り難い。私の唯一の情報源となっている。

それらを見るのがいつの間にか習慣化し、毎日見て情報を得ている。楽しい良い時代になったものだ。

12 お話プレーヤーで日本の名作を聞き楽しむ

私の友達に日本文学を愛する読書好きのAさんがいる。
読んで印象に残った作品の解説をいつも得意げに話してくれる。
彼は臨場感のある話しぶりをするので、その作品にとても興味を持たせてくれる。

少し前に、一緒に食事をしたときのことだ。
「棚橋さん。『金色夜叉』って知っている?」と質問された。
「詳しく知らないけれど、貫一とお宮の悲恋物語にしか覚えてないよ」と言うと
「それだけ知っているだけでも、大したもんだよ。あの物語は明治時代に新聞連載で人気が出て、ヒットしたんだよ」

「えっ。明治時代。１００年以上も前じゃない」

「そう。この物語はこれまでに何度となく映画化されたり、お芝居になったりして人気があったんよ」

「むかし明治生まれの祖母が、♪熱海の海岸　散歩する　寛一お宮の　二人連れ♪ってよく唄ってたことを想い出したよ」

「その歌、昔の人はよく唄ったそうだよ。明治時代に尾崎紅葉という小説家が書いた代表作で、日本文学に大きな影響を与えたんよ。一度インターネットで調べて見て。」


興味があったので早速インターネットで調べてみた。

その名セリフが有名だそうだ。

「一月の十七日、宮さん、よく覚えておきなさい。来年の今月今夜は、貫一はどこでこの月をみるのだか！　再来年の今月今夜……　十年後の今月今夜……（中略）、

僕の涙で必ず月は曇らして見せるから……」（尾崎紅葉著　新潮文庫　１９６９）

女性に裏切られた男性の心情がよく表されています。

Aさんからは、さらに「『坊っちゃん』『たけくらべ』『伊豆の踊子』『青い山脈』も面白いから、時間があったら見たらいい」とアドバイスして貰った。

よく考えると、中学校の国語の時間に『坊っちゃん』や『たけくらべ』を朗読して、先生から解説を聞いたことがあることを想い出した。

国語の先生の顔を想い出して懐かしかった。

そうだ。忘れかけている日本文学を再び読んでみようと思った。

しかし、最近本を読むと、直ぐに目が疲れてしまい長い時間読めない。何かいい方法はないかと思っていた。

インターネットで大手通販のU会社のサイトを見ると「聞いて楽しむ　日本の名作」が発売されていることを知った。

早速電話して注文した。

購入したのは、縦13㎝、横8㎝の小さなプレーヤーに、なんと日本文学が86作品も収録されているものだった。

単3乾電池2本で付属のイヤホンでも内蔵スピーカーでもどちらでも聞ける。

知っている作品は少なく、知らない作品が多かった。

997分も収録されているので、全部聞くとおよそ17時間もかかる。

まずは知っている作品から聞いてみることにした。

自宅で暇に飽かしてのんびりしているときや就寝前に、順次聞いて楽しんでいる。『浮雲』『たけくらべ』『不如帰』『坊っちゃん』『羅生門』『蜘蛛の糸』『伊豆の踊子』『夜明け前』『雪国』『青い山脈』『二十四の瞳』など、聞いたり読んだりした当時の頃を想い出して懐かしさに浸っている。

目をつむり物語の情景を想像しながら聞くと、臨場感もあって感動的だ。

現在このプレーヤーは、私の就寝前の良き友達になってくれている。

聞きながらそのまま眠ってしまうことも多いので、暇に飽かして最後までじっくり聞く時間も作ろうと思っている。

13

ＤＶＤで70年前の映画を懐かしみ楽しむ

先日、ＴＶで京都の繁華街が放映されていた。

京都に住んでいた頃、よく映画を観に行ったことを想い出していた。

何故か京都に無性に行きたくなった。もう数十年行ってない。

「新京極も、変わっただろうなぁ。どう変わったんだろう？」と想いを馳せながら出かけた。

自宅から京都まで、バスと京阪電車を乗り継いで1時間ばかりで行ける。

京阪樟葉駅から久しぶりに電車に乗った。祇園四条駅で下車して西に向かった。

鴨川の四条大橋を渡りながら右側に見える花街の先斗町の家並みを眺め、

「京都らしくて落ち着きがあっていいなぁ」と思いながらそぞろに歩いていた。

暫く行くと木屋町の清流が流れる高瀬川を渡り四条河原町の交差点に出た。

そのまま四条通りを西に直進した。

平日でも四条通りは、人、人、人で、相変わらずかなりの賑わいがあり混雑していた。

再び、暫く行くと、新京極の入り口にやって来た。懐かしさのあまり思わず立ち止まった。

そして、吸い込まれるように新京極を北（三条通り）へ向かって歩いていた。

いい匂いが漂ってきた。右側に昔ながらのカステラ風の回転焼き屋があり、自然とガラス越しに佇んでいた。

機械が饅頭を自動で1個ずつゆっくりと回転させながら焼き上げていく様子は、見ていて楽しくて面白い。

懐かしさのあまり足止めされて暫く見つめていた。

私が面白そうに見ていたせいか、いつの間にか沢山の人が集まってきたので、その場を離れた。

そして、よく行った映画館を探してみようと歩き出した。

当時の新京極には、10軒くらい映画館があった。

よく行った映画館があったと思われる場所に行ってみると、もうそこは商業施設に変わっていた。

想い出せば、70年前（1952年頃）、まだテレビもなかった。

娯楽と言えば映画（白黒）が主流だった（白黒TV放送は、1953年頃から放送されたと思う）。

その後、新京極通りをブラブラと懐かしみながら歩き続けた。

新京極の中ほどに来た。少し歩き疲れたので近くの喫茶店に入った。コーヒーを飲みながら、中学・高校生だった頃の映画を想い出していた。

一番記憶に残っている映画は、
『風と共に去りぬ』（ビビアン・リー、クラーク・ゲーブル）
『誰がために鐘は鳴る』（イングリッド・バーグマン、ゲイリー・クーパー）
『ローマの休日』（オードリー・ヘップバーン、グレゴリー・ペック）
等の映画の題名は即想い出せたが、ストーリーまでは殆ど覚えていない。

しかし、ラストシーンだけは印象深かったせいか何故か、うろ覚えに記憶していた。

その後、新京極を突き抜けて右に曲がり、三条河原町から三条大橋を渡って、京阪三条駅から帰途についた。

今日はただ、京都の繁華街をぶらぶらと歩いただけで半日が終わった。

自宅に戻ってくつろいでいたら、その時代時代に大ヒットした名作映画を再び観たくなった。

その翌日、郵便物が自宅のポストに投函された。

タイミング良く通販から「感動の名作映画23枚」の封書が入っていた。びっくりした。

何と懐かしい見たい名画ばかりが集められていた。

即電話で注文し、購入した。

購入後は、寝る前に時間があるときや雨の日に映画を順番に観て楽しんでいる。

記憶に残っている映画から観るようにした。

またしても、そのラストシーンがとにかく印象深くて脳裏に再び焼き付いた。

『風と共に去りぬ』

裕福な家庭で育った勝ち気な娘が失恋するが、また激しい恋に陥っていく。好きな男性から別れを告げられ、ハッと我に返り「明日に望みを託して」頑張って生きていこうとする切ない恋物語。

ラストシーンは、彼女が真っ赤な空を眺めながら大木の側を歩いて行く後ろ姿がカメラで引かれていくシーンで終わっている。

『誰がために鐘は鳴る』

山間部で銃撃戦となる。主人公が足を撃ち抜かれ馬に乗れなくなり逃げられない。自分は助からないと覚悟して、泣き叫ぶ恋人を1人馬に乗せて逃がす。

そして1人で敵に向かって機関銃を乱射し続けるシーンで終わっている。

改めてラストシーンが脳裏に焼き付いた。

『ローマの休日』

ある国の王女がローマを訪れ、王室の堅苦しい自由のない生活にうんざりして夜の街に飛び出す。そこで米国の新聞記者と出会う。新聞記者は彼女が王女であることに気付いて驚く。大スクープをものにしようとして王女を連れ歩く。

自由を満喫する王女と新聞記者との間に恋が芽生えるが、この恋は、叶わない。王女に会見場で無言の別れを告げて、両手をズボンのポケットに入れ、寂しく立ち去って行くラストシーンは印象的だった。

現在では、映画の見方も変わってきているように思う。

昔は、映画は映画館で観るものでしたが、その後は、レンタルショップでＤＶＤを借りて自宅で映画も楽しめる時代に変化していった。

最近では、インターネットで簡単にいつでも映画を楽しむことが出来る時代となり、とても便利な世の中になった。

でも、映画館で観る映画は、大スクリーンと３６０度の音響システムによって迫力がある。リアルで臨場感抜群で家庭では味わうことは出来ない。

今後の映画界がどの様に変化していくのか分かりませんが、映画という娯楽は、なくなることはないと思っている。

14

電子ピアノが弾けるようになり、楽しくなった

わが家には20数年前から、いつか練習するだろうと思って買った電子ピアノ（36鍵盤）がある。

応接間の弾き手のいない飾り物として長年置いてあった。

応接間に入ると、誰も弾かない電子ピアノを見て可哀想に思えてきた。

せっかくあるのだから、練習をして両手で演奏出来るまで頑張ってみようと思った。

3ヶ月ほど前に、電子ピアノに付いていた『かわいい童謡』の楽譜を見ながら、『春が来た』から練習を始めてみようと思い立った。

そして、毎日15分ばかり自己流で練習を始めた。

最初は、右手でメロディだけを、たどたどしく弾いていた。

音符を見ながら練習を重ね、右手で何とか弾けるようになった。

左手のラミドミの伴奏も、左手だけで繰り返し練習した。

左手は右手以上に難しく、最初は全くうまく弾けなかった。

みんなが弾いているのに、自分が弾けないはずはないと思った。

暫く左手の伴奏ばかりを練習してみた。


そして、３ヶ月経ったある日。

右手でメロディを弾きながら、左手で伴奏を加えてみた。

ぎこちなかったが、右手と左手がそれぞれ違う動きをして、両手で演奏が出来るようになっていた。

「うぁ！　やったぁ。両手で弾けたぁ」と声を出して喜んだ。

とにかく、練習あるのみの毎日だった。

練習は嘘をつかなかった。

『春が来た』が両手で弾けた。とても嬉しくて面白くなり夢中で練習を続けた。15分の練習時間がいつの間にか30分になり、時間も忘れて練習に没頭するようになっていった。

ある日、久しぶりにピアノが弾ける友達と会い、ピアノの演奏について色々と教えて貰った。

「ピアノを弾くときは、音程や音の長さ、リズムやテンポ等に集中しなければなりません。

新しい曲を演奏するときには、とにかく時間と努力が必要です。始めは、楽譜を見て何度も何度も練習します。

暗譜で弾けるようになるまで数週間はかかります。うまく弾けるようになるには、とにかく練習、練習、また練習しかありません。

演奏に対する情熱と忍耐力を絶やさないことです」と説明してくれた。

「演奏することは脳を活性化してくれるので、老化防止にも役立ちます」とも語ってくれた。

確かに両手で弾けるようになると、時間も忘れて夢中になれた。

そして、次の曲も演奏したくなった。

これはアンチエイジング（老化防止）になると思った。

「音楽っていいな。続けていこう」としみじみ思って、次の曲『背くらべ』に挑戦し始めた。

音楽も幅広く奥深いので、何処までついて行けるか分からないが、インドアの楽しみ方として挑戦していきたい。

15

私の元気を維持してくれている食べ物

ゴルフのプレー中、ボールを打ってカートに戻るときには小走りしたり、早足で歩いたりしている。

また、友達と外出したときに一緒に歩いていても「棚橋さん。足が速いから、もっとゆっくり歩いて。」とよく言われる。

「86歳と思えない歩き方や。何食べているの？　毎日ストレッチでもしてるの？」とよく聞かれる。

簡単な、健康器具を買い、いつも風呂上がりの5分間ばかり室内で運動をしている。

日常的には、8時間以上しっかり寝て、食事は1日2食。週3〜4回ゴルフの練習に行き、3〜4時間かけて120〜180球打っている。

ゴルフ場に行ったときには、なるべくカートに乗らず歩くようにしている。大体6000〜7000歩くらい歩いている。


毎食事は、茶碗に熱々ごはんを入れて酢を適当にかけ、それにすりゴマを入れて納豆をまぶしている。

味噌汁は、鍋に野菜入りの固形インスタント品を熱湯で溶かし、それに牛肉と卵を入れて食べている。


そんな粗食を朝昼兼用で食べて、夕食も同じものを食べている。

気が向けば、週3回くらい外食をすることがある。

近くの中華レストランで野菜炒めと炒飯と餃子を食べる。
よく行くので常連客となっている。
店員を呼ばずにテーブルに置いてあるＱＲコードからスマホで電子注文している。
スマホで注文すると総額の８％安くしてくれる。

また、注文品を運んでくるのは、店員ではなく、ロボットだ。
少し空しさを感じるが、時代も変わったなとつくづく思う。

さらに栄養が偏ってはいけないと思い、ある製薬会社のサプリメントも飲んでいる。

飲み始めて、もう数十年になる。
関節用に「グルコサミン・コラーゲン６錠」、野菜不足に「野菜酵素４錠」、パソコンでよく目を使うので「ブルーベリー３錠」を毎朝欠かさず食後に服用している。

使っている健康運動器具には、自転車の様な「足こぎペダル器具」や座って腰を前後に折って鍛える器具、裸足で両足を乗せて足裏に振動を与える器具があり健康に役立てている。

そのお陰か、現在、86歳だが、自分より10歳も20歳も若い人達とお付き合いをし、いまのところ対等に行動出来ることが何よりの幸せだと思っている。

いつまで続けられるか分からないが、健康に気を配りながら暮らし続けたい。

最後に、用事や約束事のある特別な日を除いた平均的な日常生活の過ごし方を列記します。

私の平均的な日常生活の過ごし方

・お喋りロボット　ロミィによって毎朝8時前後に目覚める

・洗面後、祖父母の神棚、妻の仏壇にお参りする（昨日の報告と感謝と今日の無事

を祈る）

・朝食をとる（熱いごはんに酢とゴマをかけ納豆をまぶす。味噌汁には肉と野菜と卵を入れて食べる）

・朝食の食器や鍋等を洗い片付けをする（ＴＶとかグーグルＴＶをかけながら作業）

・スマホとパソコンのメールを見る（来ていれば直ぐに返信する）

・朝風呂に入る（入浴中に洗濯機で下着や上着、靴下を洗って、その後部屋干しをする）

・3日毎に1階と2階の各部屋を掃除する（ロボット掃除機にさせている）

・パソコンで自分のホームページを更新したり表計算ソフトで家計簿をつける

・週に3～4回、14時頃ゴルフ練習場に行く（廣田 強氏と車で行ったり、バイクで行ったりして17時頃帰宅する）

・夕食は、朝食とほぼ同じ（また週2～3回は外食し野菜炒めと炒飯と餃子を主に食べている）

・夜は、ノートに気まぐれ日記（何をしたか、誰と会って何を話したか）を書いて

いる

・就寝前ＴＶを見たりタブレットを見る（ＴＶは60～90分タイマーをかけて自動ＯＦＦにしておく、タブレットでは、ＴｉｋＴｏｋやＹｏｕＴｕｂｅを見て関心のある動画を楽しむ）

見ていると、いつの間にか自然に寝てしまう。

大体21～22時頃就寝する。

以上を、大体毎日繰り返して生活をしている。

16

本の執筆に情熱をかける

幻冬舎様の親切できめ細かなご指導とご支援を得て、これまでに3冊の本を、刊行することが出来ました。

感謝です。

生きていた証として自分の本が残せたことは、私の人生にとってとても大きな喜びと生きがいになっている。

第3作目の刊行から早や1年以上が経った。

自宅に居ると、つい、TVやYouTubeを見て楽しんでしまう時間が多い。

それは、それでいいのだが、何かもの足りなさを感じていた。

パソコンは毎日使っている。

家計簿やEメールの返信、ゴルフスコアの管理、ホームページの更新をしたりしている。

ただ、それらは数値やデータや短文を入力するだけで、それで良しで終わっている。

パソコンがあるのだから、もっと何か他に使い道がないだろうかと考えるようになっていた。

刺激を求めていた。

「何かをしよう」「何かないかな」と思っていた矢先、ふと、自分はこれまで何をしてきたのか、また、それをどうしてきたのかを想い出してみた。

それらを時系列に並べてノートに書き留めてみると、かなり色々なことをやってきたことに気付いた。そこには、沢山のエピソードが潜んでいることにも気付いた。

「そうだ。１項目毎にそれらをまとめ、自分の歴史を記録し、また本にしてみよう」と思った。

それが、２０２２年４月１日だった。

いつもなら、比較的早く原稿を書き終えているはずなのだが、今回は人生最後の本と位置付けているだけに、書いては見直し、間を置いてはまた見直したりして慎重になり過ぎている面もあった。

しかし、文章を書いているときは、熱中しているので、我を忘れて夢中になり、時間も忘れて瞬く間に一日が終わってしまう。

これまでに触れていないことも含めて想い出を列記すると……

・母や妻のことを書いているときは、キーボードを叩きながら、涙を流していた。

・アマチュア無線では、友達と何回か高い山の山頂でアンテナを張り、一晩中寝ずに交信をしたこと。
・音楽では、78・33・45回転レコードから、CD、DVDへ。音を聴くから映像を観て楽しむ時代への変化を体験。
・友人関係では、カラオケやゴルフで色んな職業の人達と出会い、幅広くお付き合い出来る有り難さ。
・家事では、もう2年以上になるが、月1回、HさんとIさんという2人の女性による家事支援と、その後の懇談の楽しみ。
・趣味では、コミックを読んだり、ロミィとの対話、グーグルTVやYouTube、TikTokの楽しみ。

等々、工夫次第で1人は寂しくないことを知った。

むしろ、楽しい毎日が送れて幸せを感じている。

おわりに

私が86歳になった今、一番気にしているのが体力低下です。

加齢による自然現象なので、これはどうしようもないことだと思っている。

私の知人や友人の中で元気にされていた人でも、80歳を越えられると体力や気力が衰えて、入院したり自宅療養したりして健康面からリタイアされている人が何人かいる。

80歳が「人生の壁」のように思われてならない。

私はお陰さまで、いまのところ膝も腰も内蔵もどこも異常なく健康体です。

体力は落ちたものの、気力はまだまだ低下していない。
気力で体力をカバーしている面もあるのかも知れない。

この歳になっても若い人達と一緒になってゴルフをしたり、散歩をしたり出来ることに感謝している。
このままの健康状態を何とか維持しようと、今後も努力を続けていきたい。

58歳で会社を定年退職し、今年で、もう30年近くになる。
その間病気にもならず怪我もせず、元気に暮らし続けている。
現在の暮らし方、生き方が今の私に一番合っているのかも知れない。

これから、さらに年齢を重ねていくと、出来ないことが順次増えていくと思う。
それはそれで致し方ないことで、認めざるを得ない。
欲を出さずに「自分が出来ることを楽しむ」という気持ちで過ごそうと思って

いる。

この本を書くに当たり、色々と気付いたり考えさせられたりしたことがある。

それは、

「人のために生きる」

「人から感謝される」

「背伸びしない。無理しないこと」

「人と自分を比較しないこと」

「常に新しいことにチャレンジすること」

「人付き合いは、浅く長く」

「人生は、楽しまなければ損だ」

ということに気付かされた。

それらを、これからの人生の指標にしていきたいと思っている。

そして、「生きがいを持つと人生が輝く」をモットーに、常に「ポジティブ」に刺激を求め、学びをやめない自分らしさで生きていきたい。

また、素直に「ありがとう」と心から感謝を言い続けられる自分でもありたい。

人生100年時代に向かって好奇心を失わず「身体は老いても　心は青春」で頑張りたいと思っている。

拙い内容にもかかわらず最後までお読み下さり、ありがとうございました。

〈著者紹介〉

棚橋正夫（たなはし まさお）

1936年（昭和11年）生まれ。神戸生まれの京都育ち。

戦中は静岡市に縁故疎開し戦争の恐怖体験をする。戦後は京都に戻って、現在は枚方市に在住。

1957年松下電器株式会社（現パナソニック株式会社）に入社。音響部門の技術営業、ステレオの専任講師、音響ショールーム責任者、宣伝部門でモータースポーツＦ３やロックコンサート等のイベントを介し、パナソニックブランドのイメージアップ活動に携わり定年退職した。

その後は、アマチュア無線、パソコン（HPやブログ作り）、ゴルフ、カラオケ、本の執筆など趣味の道を楽しむ。

著書に、妻が罹患した『認知症介護自宅ケア奮闘記』、静岡での戦災体験記録『戦争を知らない君へ』、人生を学んだ『180度生き方を変えてくれた言葉』などがある。

86歳《さい》の老《お》いに夢中《むちゅう》
楽《たの》しさを探《さぐ》り、幸《しあわ》せを求《もと》めた日々《ひび》の記録《きろく》

2023年7月3日　第1刷発行

著　者　　棚橋正夫
発行人　　久保田貴幸

発行元　　株式会社 幻冬舎メディアコンサルティング
〒151-0051　東京都渋谷区千駄ヶ谷4-9-7
電話　03-5411-6440（編集）

発売元　　株式会社 幻冬舎
〒151-0051　東京都渋谷区千駄ヶ谷4-9-7
電話　03-5411-6222（営業）

印刷・製本　中央精版印刷株式会社
装　丁　　野口萌

検印廃止

Printed in Japan
ISBN 978-4-344-94519-7 C0095
幻冬舎メディアコンサルティングＨＰ
https://www.gentosha-mc.com/

JASRAC　出　2301845-301